6. Les pierres d'Éops

Catalogage avant publication de Bibliothèque et Archives nationales du Québec et Bibliothèque et Archives Canada

Sydenier, Millie, 1986-
Les sorcières de Salem
Sommaire: t. 6. Les pierres d'Éops.
Pour les jeunes de 12 ans et plus.
ISBN 978-2-89585-095-3 (v. 6)
1. Sorcellerie - Massachusetts - Salem - Romans, nouvelles, etc. pour la jeunesse. 2. Salem (Mass.) - Histoire - ca 1600-1775 (Période coloniale) - Romans, nouvelles, etc. pour la jeunesse. 3. Procès (Sorcellerie) - Massachusetts - Salem - Romans, nouvelles, etc. pour la jeunesse. I. Titre. II. Titre: Les pierres d'Éops.
PZ23.S9685So 2009 j843'.92 C2009-941099-0

Illustration : Sybiline

Les Éditeurs réunis bénéficient du soutien financier de la SODEC et du Programme de crédit d'impôt du gouvernement du Québec.

Nous remercions le Conseil des Arts du Canada de l'aide accordée à notre programme de publication.

Nous reconnaissons l'aide financière du gouvernement du Canada par l'entremise du Fonds du livre du Canada pour nos activités d'édition.

Édition :
LES ÉDITEURS RÉUNIS
www.lesediteursreunis.com

Distribution au Canada :
PROLOGUE
www.prologue.ca

Distribution en Europe :
DNM
www.librairieduquebec.fr

Suivez Les Éditeurs réunis sur Facebook.

Imprimé au Canada

Dépôt légal : 2011
Bibliothèque et Archives nationales du Québec
Bibliothèque nationale du Canada
Bibliothèque nationale de France

Millie Sydenier

Les Sorcières de Salem

6. Les pierres d'Éops

LER
LES ÉDITEURS RÉUNIS

Dans la série
LES SORCIÈRES DE SALEM

Tome 1 : Le souffle des sorcières
Tome 2 : La Confrérie de la Clairière
Tome 3 : La prophétie de Bajano
Tome 4 : L'Alliance de Terwik
Tome 5 : La danse du Chapardeur
Tome 6 : Les pierres d'Éops

Avertissement

Les faits relatés dans ce livre ne sont pas rapportés par l'Histoire. La plupart des personnages du livre ont bel et bien existé sans que je puisse leur prêter les actions que je narre. Au XVIIe siècle, il s'est produit à Salem des événements dramatiques dont je me suis inspirée pour créer cette série. Mais qui sait ? peut-être que l'Histoire telle que nous la connaissons cache en son sein des éléments que nous ne sommes pas en droit de connaître…

M.S.

1

Ezra et Abigail supervisaient les travaux de leur future maison d'un œil critique. La charpente de la demeure paraissait beaucoup trop grande à leur goût. Ils avaient pourtant précisé à leurs amis qu'ils ne souhaitaient pas une maison tape-à-l'œil comme l'ancien manoir des Parris. Mais les habitants de Salem, avides de remercier ceux qui les avaient tirés des griffes des inquisiteurs, n'en faisaient qu'à leur tête.

— Est-ce que c'est une tour qu'ils sont en train d'ériger à droite ? demanda Abigail.

— J'en ai bien l'impression, soupira le jeune homme en mettant un bras autour des épaules de son amie. Viens ! Retournons à la grotte et laissons-les travailler. De toute façon, nous n'arriverons pas à leur faire entendre raison.

Abigail sourit. Depuis plusieurs semaines déjà, Ezra venait tous les jours donner ses instructions aux constructeurs qui l'écoutaient d'une oreille distraite. Ils avaient décidé de bâtir pour les deux amoureux un véritable château. Ezra avait eu beau leur répéter qu'ils ne seraient que trois à vivre dans cette maison, cela n'avait rien changé.

La charpente de la future demeure laissait présager de larges pièces aux plafonds hauts et deux vastes étages. De plus, Daniel Andrew avait chuchoté à Abigail qu'il pensait sérieusement agrémenter la maison de nombreuses tourelles. Quand elle avait rapporté cela à Ezra, le jeune homme avait longuement soupiré avant de passer une main sur son visage. Il se laissait gagner par la résignation de ne pas réussir à convaincre les ouvriers de se plier à son bon vouloir, plus que par le bonheur de s'installer enfin dans un endroit confortable avec celle qu'il aimait.

— C'est quand même un comble ! s'écria-t-il quand ils furent assez loin. Cette maison sera la nôtre, mais j'ai l'impression que chaque habitant du village ajoute un petit détail qu'il aurait aimé avoir chez lui !

— Ils font ça pour nous faire plaisir.

— S'ils veulent me faire plaisir, qu'ils m'écoutent, grommela Ezra. Je n'ai aucune envie de me retrouver avec une maison de trente pièces à entretenir. Je me demande s'ils se souviennent que nous n'aurons pas de domestiques.

— Il est trop tard, Ezra. La maison est bien avancée et ils se sont donné beaucoup de mal. Nous ne pouvons pas leur demander de tout arrêter et de recommencer.

— Je sais. Mais finalement, peut-être que je vais rester dans la grotte.

Abigail donna une tape sur le bras d'Ezra. Celui-ci sourit, taquin.

— Je suis heureuse de m'installer dans cette maison avec toi, dit Abigail.

— Moi aussi.

Il prit la jeune fille dans ses bras et la serra contre lui.

— Et puis, qui sait ? lança Abigail. Peut-être que Betty et Ed vont décider de revenir à Salem. Nous pourrions nous installer tous les quatre dans la maison sans que personne se marche sur les pieds !

— C'est une idée ! Tu as eu des nouvelles de Betty ?

— Pas depuis la dernière lettre. Elle semble s'ennuyer un peu à Boston. Elle a du mal à trouver de quoi s'occuper pendant qu'Ed règle les affaires de son père. Ed ne t'a pas écrit ?

— Si. Les quelques lignes à la fin de la lettre de Betty.

— Vous ne correspondez pas ?

— Abigail ! Les hommes ne s'écrivent pas de lettres. Ils se donnent des bourrades dans le dos quand ils se voient et ils vont toujours bien. Je me demande d'ailleurs ce que tu peux raconter à Betty dans toutes ces pages !

— Je lui parle de toi, de notre vie, de moi.

— Tu as tant de choses à lui raconter ?

— Ah, les garçons !

Abigail soupira. Ezra réprima un petit rire moqueur. En fait, il se languissait de son ami et avait hâte de le revoir. Betty lui manquait aussi. Ils étaient partis quelques jours après la fin des combats en emmenant avec eux David, le jeune prisonnier qui avait tenu compagnie à Nathan Redd dans ses derniers moments.

Ed avait de nombreuses choses à régler. Lui et Betty habitaient dans la résidence des Redd à Boston. Nathan l'avait léguée à son fils ainsi que tout ce qu'elle contenait ; cela constituait un véritable bric-à-brac. Le juge avait eu la fâcheuse manie de conserver absolument tout. Betty et Ed s'étaient décidés à faire l'inventaire et le tri de tout ce qu'il y avait dans la maison. Ils avaient souhaité ne rester que quelques jours à Boston et revenir aussitôt près de leurs amis, mais la tâche était si ardue qu'ils n'avaient pas encore attaqué les étages de la maison.

— Abigail ! hurla Emma.

La jeune fille se précipita vers l'enfant qui avait l'air bouleversée.

— Qu'est-ce qui se passe, Emma ?

— Viens voir ce que Zïna sait faire !

L'air réprobateur, Abigail regarda la petite fille.

— Emma ! Que t'ai-je dit à propos de tes cris ?

L'enfant baissa la tête, penaude.

— Que je ne dois pas crier comme si une armée d'inquisiteurs étaient en train de me faire du mal si je suis juste contente que Zïna ait appris un nouveau tour.

— Exactement.

— Je n'ai pas fait exprès.

— Oh, laisse-la, Abi ! conseilla Ezra. La pauvre ! Ce n'est pas sa faute si elle ne sait pas faire la part des choses. C'est comme pour la musique. Tu as déjà entendu comme elle chante faux ?

Emma risqua un coup d'œil vers le jeune homme qui lui sourit. Elle éclata de rire et bombarda Ezra de ses petits poings.

— Tu n'es pas gentil de te moquer de moi !

Ezra attrapa l'enfant sous les bras, la souleva et se mit à tourner sur lui-même de plus en plus vite. Emma riait de bonheur en s'accrochant tant bien que mal à Ezra. Après qu'elle eut été reposée par terre, la petite s'adressa à Abigail :

— Alors ? Tu viens voir ?

Elle s'éloigna sur ses petites jambes mal assurées en zigzaguant. Ezra et Abigail rirent en la voyant tenter de garder son équilibre. Ils la suivirent.

— Viens là, Zïna ! dit l'enfant.

La chatte obtempéra avec grâce, la queue dressée, la démarche souple. Emma leva le bras en l'air et Zïna se dressa sur ses pattes arrière.

— Jusque-là, rien d'extraordinaire, fit remarquer Emma, les joues rouges d'excitation. Maintenant, regardez bien.

Elle commença à reculer et la chatte la suivit, docile, marchant sur deux pattes comme un humain. L'animal se promena quelques minutes ainsi, à la suite de l'enfant.

Emma se retourna.

— C'est incroyable, non ?

— Effectivement, souffla Abigail.

— Je sais ce que nous allons faire de vous maintenant ! s'exclama Ezra. Nous allons vous faire engager par un cirque !

Emma se jeta à nouveau sur Ezra pour le chatouiller.

— Tu es méchant ! Vraiment pas gentil ! Je ne veux pas aller dans un cirque. Retire ce que tu as dit !

Ezra se roulait par terre, terrassé par les petites mains chatouilleuses de l'enfant. Entre deux rires, il la supplia.

— Pitié ! Arrête ! Je me rends.

Les laissant à leurs enfantillages, Abigail se rendit au fond de la grotte, vers la couche qu'elle partageait avec Ezra. Elle attrapa son livre de chevet et sortit à l'extérieur. Elle s'installa sur les pierres au soleil pour lire. Ezra la rejoignit quelques minutes plus tard.

— Je ne comprends pas pourquoi tu t'entêtes à lire ce livre tous les jours. Depuis le temps, tu dois le connaître par cœur.

Il se pencha par-dessus l'épaule de la jeune fille.

— Et en plus, tu lis toujours la même page !

Abigail ne répondit pas. Ezra l'embrassa dans le cou.

— Viens plutôt lézarder un peu plus loin avec moi. Je suis épuisé de ne rien faire ces temps-ci. Allez, viens !

— Tu sais, murmura Abigail, songeuse, plus j'y pense et plus je me dis que nous devrions faire quelque chose.

— Comment ça ? demanda Ezra qui savait déjà où cette conversation mènerait.

— Ces pierres ! Tu as la preuve qu'elles existent. Elles pourraient résoudre tous nos problèmes !

— Abigail ! soupira-t-il, exaspéré. Nous en avons parlé cent fois. De un, nous n'avons que deux pierres sur les cinq. De deux, je ne sais pas où se trouvent les autres. De trois, je ne suis même pas sûr que ce soit celles-là dont le livre parle.

— Je suis sûre que si. Et il te suffirait de retrouver tes autres amis.

— Ils peuvent être n'importe où dans le monde !

— Alors nous irons les chercher !

Ezra resta bouche bée devant l'air volontaire d'Abigail. La guerre avait transformé la jeune fille rêveuse en une jeune femme indépendante et déterminée. Ezra avait souvent bien du mal à lui tenir tête. Mais pour les pierres d'Éops, il n'abdiquerait pas.

— Je suis fatigué, Abi. Nous avons passé des mois terrés dans les bois, nous nous sommes battus, et cela ne fait que quelques semaines que nous pouvons nous promener librement dans le village. Je ne me suis même pas encore habitué à ma liberté retrouvée. Il m'arrive de marcher dans les rues et de me cacher dans un coin quand je vois une cape sombre s'approcher de moi. Laisse-nous le temps de nous installer.

— Mais Tituba pourrait revenir n'importe quand. Tu n'as aucun pouvoir sur elle !

— Je ne suis pas le seul sorcier et tu n'es pas la seule sorcière. Tu sembles l'oublier.

— Les gens ne veulent plus se servir de leurs pouvoirs.

— Et ils ont raison ! J'aimerais laisser tout ça derrière nous.

— Je n'en serai pas capable tant que Tituba aura la possibilité de nous nuire.

— Abi…

La jeune fille replongea dans sa lecture sans faire attention à l'air dépité de son compagnon. Ezra redoutait ces discussions qui revenaient régulièrement. Il savait pertinemment qu'Abigail ne se sortirait pas cette histoire de la tête tant qu'il n'aurait pas cédé. Il regrettait amèrement de lui avoir montré sa pierre un jour. Souvent, il avait pensé partir avec la jeune femme à la recherche des trois autres pierres d'Éops. Mais l'ampleur de la tâche l'avait découragé. Retrouver Jack, Joshua et Harvey ne serait pas une mince affaire. Peut-être qu'ils ne vivaient même plus en Amérique. Et Ezra n'éprouvait nul désir de parcourir le monde pour se lancer à leur recherche. Ensuite, il faudrait retrouver Tituba. Elle aussi pouvait se terrer n'importe où. Que feraient-ils d'Emma ? L'enfant ne comprendrait pas qu'ils ne l'emmènent pas avec eux. Et la maison ? Et la vie qu'il voulait construire avec Abigail ? Pendant combien d'années encore devrait-il repousser ses rêves ? Il ne souhaitait que le repos et la tranquillité.

Pendant tous ces mois de résistance, Abigail et Betty avaient appris à vivre en communauté, à ne jamais être seules, à toujours être occupées. Leur nouvelle routine leur pesait beaucoup. Ezra pouvait le comprendre. Mais se lancer dans cette aventure… Il regarda Abigail qui n'avait pas relevé la tête, grommela et alla s'allonger sur les pierres chaudes un peu plus loin. Croisant les bras derrière sa tête, il regarda les nuages. Au fond de lui, il savait qu'Abigail avait raison, que c'était la meilleure chose à faire. Ils n'avaient pas encore terminé leur travail. Et il se doutait que rien ne serait plus dangereux pour eux que de se croire à l'abri de la Barbadienne.

Abigail jeta un coup d'œil à son compagnon. Elle savait qu'il était en pleine réflexion. Bien qu'elle ne veuille pas le forcer à se ranger de son côté, elle exerçait quand même une pression. Ils n'avaient pas toute la vie devant eux pour se décider. C'était maintenant, pendant que les séquelles des combats étaient encore visibles, qu'il fallait agir. Elle se doutait bien qu'Ezra ne rechignait pas devant les éventuelles batailles que cela allait engager. La guerre ne lui faisait pas peur. Il regimbait contre la dépense d'énergie qu'elle exigerait.

— Si j'étais d'accord, commença Ezra, comment ferions-nous pour retrouver les autres ? Et qu'adviendrait-il d'Emma ?

Abigail sauta sur ses pieds et se précipita aux côtés d'Ezra.

— Je me suis dit que nous devrions entreprendre nos recherches du côté de ton orphelinat. Il doit bien rester de vieux registres qui indiquent le nom et la destination des enfants placés.

— Ça ne colle pas. Nous nous sommes tous enfuis, sauf Harvey.

— Alors nous le chercherons en premier.

— Et s'il n'a pas été adopté ?

— Nous aviserons !

— Et pour Emma ?

— Nous la laisserons à une femme du village.

— La fillette n'acceptera jamais que nous partions sans elle.

— Mais je suis sûre que c'est seulement une affaire de quelques jours !

— Quelques jours ! Je ne crois pas que tu te rendes compte de l'ampleur de la tâche.

— Tu n'es pas très courageux…

Piqué au vif, le jeune homme se redressa sur ses coudes et foudroya Abigail du regard.

— Pas très courageux ? J'essaie seulement de penser à toutes les éventualités !

— Eh bien, ne te donne pas cette peine ! J'ai déjà réfléchi à tout. Nous allons commencer par Boston. On pourrait en profiter pour aller rendre visite à Betty et Ed.

— À t'écouter, on dirait qu'on entreprend un voyage d'agrément.

— On peut essayer de faire en sorte que ça en soit un. Peut-être voudront-ils nous accompagner, d'ailleurs.

L'idée séduisit Ezra. Repartir à l'aventure avec son vieux compagnon, c'était alléchant. Malgré lui, il sentait monter la frénésie de l'expédition. Se gardant bien de le montrer à Abigail, il se rallongea en bougonnant.

— Ne fais pas la mauvaise tête ! Je suis sûre qu'on va bien s'amuser.

— Je te laisse entamer les réjouissances, grommela-t-il. Va annoncer à Emma qu'on l'abandonne.

— On ne l'abandonne pas ! Et Emma n'est pas comme toi. Elle comprendra.

Ezra émit un borborygme indistinct qu'Abigail prit pour un oui. Elle se pencha sur lui, déposa un baiser sonore sur ses lèvres et se releva, radieuse.

— Ne crois pas que tu pourras me faire flancher chaque fois ! la prévint Ezra.

— Mais je ne crois pas ça ! se défendit Abigail. Je le sais !

Elle s'éloigna en riant. Ezra ne put s'empêcher de sourire en entendant le son cristallin de sa joie. Décidément, il avait bien du mal à résister à sa belle. La laissant se débrouiller avec la colère de leur petite protégée, Ezra commença à rassembler ses idées. Ed ayant accès à Boston à un réseau de connaissances très étendu, ils avaient peut-être une chance de retrouver leurs anciens camarades de l'orphelinat. Mais que feraient-ils si ces derniers n'avaient pas gardé leur pierre ? D'ailleurs, en y réfléchissant bien, il ne parvenait pas à se souvenir où ils les avaient trouvées. Il faudrait qu'il en touche un mot à Ed. Secrètement, il espérait que son ami serait enclin à se lancer avec lui dans cette nouvelle aventure. Ils avaient finalement passé trop peu de temps ensemble depuis leurs retrouvailles, bien trop occupés l'un et l'autre à se défendre et à organiser les combats. De la grotte, il entendit des sanglots retentir. Le cœur serré, il pensa à la petite Emma qui n'avait pas eu la vie facile pendant toute cette histoire. Ses parents avaient été tués par Patton, elle s'était découvert un pouvoir antique qu'elle avait eu beaucoup de mal à contrôler. Maintenant qu'elle venait enfin de retrouver une vie stable, ils l'abandonnaient. Ezra espérait sincèrement que ce serait la dernière fois. La petite méritait d'avoir une vie tranquille. « Moi aussi », pensa-t-il.

Abigail revint, l'air moins joyeux.

— Alors ? s'informa-t-il.

— Emma n'est pas très contente.

— Je m'en doute.

— Mais elle comprend. Et je lui ai dit que nous reviendrons très vite.

— Tu n'en sais rien.

— Ezra ! soupira Abigail.

— Très bien, très bien !

Abigail s'assit à côté de son ami, le regard dans le vide. Ezra la serra contre lui et chuchota :

— Ne t'inquiète pas ! Elle sait qu'on ne l'abandonnera pas. Et nous allons tout faire pour régler cette histoire le plus vite possible. Ça doit être faisable. J'ai réfléchi. Avec l'aide d'Ed, il devrait être assez facile de trouver les premiers renseignements. Et si Betty et lui nous accompagnent, nous ne perdrons pas de temps à… nous perdre dans les rues de Boston ! Qu'en dis-tu ?

— Nous partirons dès demain !

Ezra tressaillit. Si vite !

— Mais nous n'avons rien préparé. Il nous faut quand même un plan et…

— Tu viens de l'exposer.

— C'est seulement une esquisse.

— Nous aurons tout le temps du voyage pour y travailler.

— Nous n'avons pas fait nos sacs.

— Ça ne nous prendra pas des heures.

— Et Emma ?

— J'ai déjà prévenu Sarah Osborne. Elle est d'accord pour l'accueillir.

— Quand l'as-tu prévenue ?

— Hier, bien sûr !

— Tu savais que j'allais craquer aujourd'hui ?

— Oui ! dit Abigail avec un sourire malicieux.

Ezra hésitait entre se mettre en colère ou se montrer charmé par l'extraordinaire volonté d'Abigail. Finalement, il ne dit rien. Vaincu, il hocha la tête.

— Très bien, allons faire nos bagages.

— Parfait ! Une diligence viendra nous chercher demain matin.

— Comment le sais-tu ?

— J'avais demandé à Betty de s'en occuper dans ma dernière lettre.

— Mais elle date d'il y a plusieurs semaines !

Abigail lui adressa un clin d'œil et s'éloigna.

2

À l'aube, Abigail réveilla Ezra et Emma. Après un déjeuner frugal, ils quittèrent la grotte pour se rendre au village. L'air bougon, Emma traînait les pieds. Elle n'avait aucune envie d'être séparée d'Abigail et d'Ezra et encore moins d'aller habiter pour une durée indéterminée chez Sarah Osborne. La vieille femme avait beau être très gentille, Emma s'était habituée à vivre avec ses amis. Avec eux, la vie était très douce. Sans horaire ni obligations, elle faisait ce qu'elle voulait quand elle le voulait. Chez Sarah, les choses allaient être sensiblement différentes. La sorcière adorait planifier ses journées. Heureusement, elle hébergeait en ce moment ses petits-enfants pendant que leurs parents se dévouaient corps et âme à la construction de la maison d'Abigail et d'Ezra.

Arrivée à la porte, Emma surprit une bonne odeur de pain chaud qui s'échappait de la cuisine. L'eau lui vint à la bouche ; les fruits qu'elle avait mangés ne l'avaient pas rassasiée. Quand Abigail frappa, un tonnerre de casseroles tombant à terre lui répondit. Sarah vint ouvrir, échevelée et le visage rougeaud.

— Bonjour, mes petits ! s'exclama-t-elle. Bonjour, Emma. Vous arrivez au bon moment ! Je viens de finir mon pain, et mes confitures sont encore chaudes. Avez-vous le temps de vous arrêter un peu ?

— Malheureusement non, Sarah, se désola Abigail. Nous devons partir immédiatement. La diligence est arrivée et elle nous attend.

— Ce n'est pas grave ! Il y en aura plus pour nous, dit Sarah à Emma en lui adressant un clin d'œil. Viens manger, ma petite, tu es toute maigrichonne. Après, je vous emmènerai, toi et les autres, passer la matinée à la rivière. Le temps est chaud et l'eau est bonne en ce moment. Il faut en profiter. Cet après-midi, nous cuisinerons quelques pâtisseries tous ensemble ! Qu'en dis-tu ?

Emma sourit timidement tandis qu'Ezra étouffait un rire. Sarah était fidèle à elle-même. Abigail et Ezra embrassèrent Emma.

— Nous ne serons pas absents longtemps, je te le promets, la rassura Abigail. Tu n'auras même pas le temps de t'ennuyer de nous !

— J'en suis sûre, soupira l'enfant.

Ezra la serra fort contre lui et lui chuchota à l'oreille :

— Fais-la tourner en bourrique !

Ignorant l'air désapprobateur d'Abigail qui avait tout entendu, la petite éclata de rire. Mais son regard s'assombrit rapidement.

— Je peux vous accompagner à la diligence ? supplia Emma.

— Ce n'est pas une bonne idée, ma chérie, dit Ezra. Ce sera encore plus dur pour toi là-bas. Profite des bonnes choses que Sarah t'a préparées. À notre retour, je veux te revoir toute grassouillette !

Emma baissa la tête, l'air triste.

— Allons, allons, ma petite, déclara Sarah, tu vas retrouver tes amis bien vite. Et tu verras, ce séjour chez moi te fera tant de bien que tu ne voudras plus repartir après. Viens, je vais te présenter à mes petits-enfants. Ils sont très gentils et ont hâte de te rencontrer.

Sarah attrapa la main d'Emma et la tira derrière elle dans la maison en saluant de la tête Abigail et Ezra. Le jeune homme, qui réajustait le sac sur son épaule, se tourna vers Abigail.

— Ça me fend le cœur.

— Moi aussi. Mais nous ne pouvons pas l'emmener avec nous.

— Je sais. Allons-y.

Ils cheminèrent dans les petites rues du village et passèrent devant l'ancienne prison. Depuis le départ des inquisiteurs, le bâtiment était resté inhabité. Les villageois parlaient de le détruire et, pour l'instant, personne ne s'était élevé contre cette volonté. La bâtisse rappelait trop de mauvais souvenirs. Ezra n'était même pas sûr que quelqu'un y ait remis les pieds.

La diligence attendait les deux voyageurs sur la place publique. Ezra plaça les sacs à l'arrière et laissa Abigail grimper. Il la rejoignit et fit signe au conducteur qu'ils pouvaient partir. Abigail se souvint avec nostalgie que la dernière fois qu'elle était montée dans une voiture pour Boston, sa vie était d'une simplicité désarmante. Après, tout avait basculé.

— Et nous voilà partis ! s'exclama Ezra en s'installant confortablement sur la banquette.

Il étendit ses jambes devant lui, poussa un soupir de satisfaction et passa un bras autour des épaules d'Abigail pour la rapprocher de lui. La jeune fille se laissa aller contre son ami tout en jetant un œil par la fenêtre. Ils étaient déjà sortis de Salem et la poussière soulevée par les sabots des chevaux volait jusque dans l'habitacle. En chassant quelques grains de terre qui s'étaient déposés sur sa robe, Abigail leva la tête vers Ezra.

— Tu crois que c'est une bonne idée ?

— Quoi donc ?

— De partir. De laisser Emma.

— Mais je croyais que…

— Je sais, Ezra, s'impatienta Abigail. C'est juste que je n'avais pas pensé qu'il se pourrait que nous ne revenions pas.

— Alors n'y pense pas ! Nous avons survécu à tellement de choses que je me suis souvent demandé si nous n'étions pas immortels.

Abigail ne put s'empêcher d'esquisser un sourire. Elle se serra un peu plus contre Ezra.

— Parle-moi, dit-elle.

— De quoi aimerais-tu que je t'entretienne ?

— De notre vie.

Ezra resta silencieux un moment, rassemblant ses idées. Puis il se lança :

— Quand nous reviendrons à Salem, peut-être que notre maison aura si bien avancé que nous pourrons déjà l'habiter. Au rez-de-chaussée, nous installerons une cuisine, un grand salon et une immense bibliothèque pour toi.

— Je n'ai plus aucun livre, soupira Abigail. Ils ont tous brûlé dans l'incendie.

— Nous en rachèterons. J'aimerais contacter miss Salinger. Peut-être aimerait-elle…

— Oh oui ! cria la jeune fille. Ce serait merveilleux que notre ancienne cuisinière revienne chez nous. Je suis sûre qu'elle serait d'accord. Elle nous aimait beaucoup.

Ezra sourit devant l'enthousiasme d'Abigail.

— À l'étage, il y aura nos chambres. Avec de vrais lits ! Une chambre pour Emma et une pour toi et moi. Il nous faudra quelques mois pour nous installer correctement. Après, je pensais reprendre la boutique de Hank. Comme il n'est plus là, le village aura besoin d'une boucherie. Et je suis le plus qualifié pour ce travail !

— Qu'est-ce que je pourrais faire de mes journées, moi ? demanda Abigail.

— J'ai réfléchi à la question et j'ai eu une idée. Dans la paroisse, il y a une école, une église, une boulangerie, une boucherie, une mercerie, sans compter le charpentier, le maréchal-ferrant, le forgeron et j'en passe. Mais quelque chose d'important manque.

— Quoi ?

— Une bibliothèque ! Je suis certain que les gens aimeraient pouvoir accéder aux livres du monde entier.

L'air réjoui, Abigail se redressa brusquement face à Ezra. Elle sourit largement et embrassa fougueusement le jeune homme.

— Tu es incroyable ! souffla-t-elle.

— Après, nous vivrons notre petite vie tranquillement. J'ai envie de profiter à nouveau des bois, de la rivière. Et puis…

Il marqua un temps.

— J'aimerais bien avoir des enfants, avoua-t-il en se sentant rougir.

— Moi aussi, souffla Abigail.

— Je me vois bien avec un fils ! s'exclama Ezra, ragaillardi. Un petit homme costaud à qui j'apprendrais tout ce que je sais.

— Et que sais-tu ? le taquina Abigail.

— Eh bien, plein de choses. Je sais chasser et pêcher. Et peut-être que je pourrais aussi lui apprendre la magie.

Le visage d'Abigail s'assombrit. Elle avait beaucoup pensé au caractère héréditaire de la magie pour elle et pour Betty. Elle n'était pas très sûre d'avoir envie de perpétuer la tradition. Bien sûr, l'aspect bénéfique de la magie était quelque chose dont elle aimerait se servir à nouveau, et l'idée d'être guérisseuse de mère en fille la séduisait beaucoup. Mais en même temps elle trouvait que ses pouvoirs lui avaient donné beaucoup de fil à retordre. Une famille de petits magiciens… L'idée la fit sourire malgré elle. Bientôt, les cahots de la route la firent s'assoupir et elle se laissa aller contre Ezra.

Le jeune homme voyageait en diligence pour la première fois. Il se souvint de son arrivée à Salem, les semaines de marche au hasard à avaler la poussière des routes, à éviter les voleurs de grands chemins. L'arrivée à Salem, où Hank l'avait tout de suite pris sous son aile. La rencontre avec Abigail et Betty. Et tout ce qui avait suivi. Le bon comme le mauvais. Finalement, il ne regrettait rien. Abigail et lui avaient réussi à surmonter les obstacles et aujourd'hui ils étaient heureux. Il avait quand même hâte que leur dernière quête se termine pour goûter enfin au repos tant mérité.

Une profonde fondrière sur la route fit dévier brutalement la diligence vers la gauche. Abigail se réveilla en sursaut. Elle fronça les sourcils.

— J'espère qu'ils inventeront un jour des moyens de transport plus confortables, maugréa-t-elle.

— Ou qu'ils paveront tous les chemins, renchérit Ezra.

— Tu crois que nous arriverons bientôt ?

— Je ne sais pas.

Ezra se pencha à la fenêtre et hurla en direction du conducteur. À la vitesse où allait la diligence, ce fut un miracle que l'homme entendît la question du premier coup. Il répondit sur le même ton à Ezra qui rentra la tête à l'intérieur de la cabine.

— Il m'a dit que nous en avions encore pour quelques heures.

— Ce n'est pas très précis ! s'exclama Abigail. Parlait-il de deux heures ou de cinq heures ?

— Je n'en ai aucune idée et je pense que lui non plus. Nous sommes partis il n'y a pas très longtemps. Allez ! Prends patience et commence à réfléchir à la marche à suivre une fois que nous serons à Boston. Quelque chose me dit que nous allons avoir du travail.

— Tu te souviens où se trouve l'orphelinat ?

— Pas du tout, cela fait tellement longtemps. Mais Ed doit le savoir. Après tout, c'est sa ville.

Ils parlèrent peu pendant le reste du voyage. Abigail s'assoupissait et se réveillait en sursaut tandis qu'Ezra observait le paysage qui défilait sous ses yeux. En milieu d'après-midi, les voyageurs aperçurent enfin au loin les bâtiments de la ville de Boston. Abigail commença à rassembler autour d'elle toutes ses affaires. Il lui tardait de descendre de cet engin brinquebalant. Elle n'avait pas le souvenir que le voyage avait été aussi pénible la dernière fois. Dès que la diligence s'arrêta, Abigail descendit rapidement les trois marches du véhicule. Elle apprécia de sentir sous ses pieds le sol stable des trottoirs pavés de la ville. Un cri retentit derrière elle et un corps se jeta contre elle, la serrant si fort qu'elle se sentit étouffer. Dès qu'elle put distinguer le visage de la personne qui l'étreignait, elle réprima un hurlement de joie. Betty et Ed étaient venus les chercher ! Les deux cousines s'embrassèrent, parlant en même temps et s'agrippant les mains, tandis que les deux jeunes hommes se contentaient d'une accolade masculine assortie de tapes dans le dos.

— Mais qu'est-ce que vous faites là ? demanda Ezra, ravi de revoir ses amis.

— Betty voulait vous faire la surprise, dit Ed. Je crois que c'est réussi !

— Je ne savais pas que vous viendriez ! s'écria Abigail. Je suis tellement contente de vous voir.

— Comme tu m'avais dit que tu voulais une diligence pour ce matin, je me suis dit que ce serait bien de venir vous chercher et de passer quelques jours ensemble à Boston.

— Tu ne leur as pas dit pourquoi nous étions ici ? demanda Ezra à Abigail.

Abigail secoua la tête. Elle désirait informer de vive voix Betty et Ed de la raison de ce voyage.

— Je sens que vous avez plein de choses à nous raconter, émit Betty. Mais où est Emma ?

— Nous l'avons laissée chez Sarah à Salem, répondit Abigail.

Betty lança un regard curieux à sa cousine. Abigail sourit et prit Betty sous le bras pour l'entraîner avec elle. Les garçons s'occupèrent des bagages. Le quatuor prit le chemin de la demeure des Redd. Celle-ci était magnifique et immense.

— Mon père ne faisait pas dans la demi-mesure, déclara Ed devant l'air hébété d'Ezra et d'Abigail. Et encore, vous n'avez pas vu tous les domestiques qu'il y avait. J'ai dû m'en séparer. On ne pouvait pas les payer. Il ne reste que ma vieille nourrice qui était devenue la cuisinière.

Ed mena ses amis à leur chambre, au deuxième étage. Un grand lit à baldaquin, entouré d'épaisses tentures rouge sang, trônait au centre de la pièce.

— C'est un peu démodé maintenant, dit Ed, mais vous y serez bien. Et il y a une salle de bain attenante, continua-t-il en désignant une porte.

Ezra et Abigail déposèrent leurs bagages et ressortirent à la suite d'Ed. Ce dernier fit faire une visite rapide de la maison à ses invités. Lorsqu'ils arrivèrent devant le bureau de Nathan Redd, Ezra sentit qu'Ed hésitait à pousser la porte.

— Je n'entre jamais dans cette pièce sauf si j'y suis obligé, avoua Ed, la voix sourde. J'ai transporté tous les papiers de mon père dans l'autre bureau au rez-de-chaussée.

— Nous ne sommes pas obligés d'y entrer, le rassura Ezra.

Soulagé, Ed retira sa main du chambranle et, l'air plus enjoué, conduisit ses amis dans la salle à manger.

Affamés en raison de leur voyage, Abigail et Ezra furent ravis de voir différents mets sur la table. Betty et Ed les invitèrent à s'installer. Tous les quatre commencèrent à manger.

— Vous n'allez pas nous cacher le but de votre venue plus longtemps, j'espère ! s'impatienta Betty. Je meurs d'envie de savoir ce qui vous amène par ici !

Ezra, la bouche pleine, fit signe à Abigail de commencer les explications. La jeune fille se leva précipitamment de table et sortit de la pièce en courant, sous les regards étonnés des autres. Elle monta quatre à quatre les marches du grand escalier, s'engagea dans le couloir de droite et poussa la deuxième porte. Dans sa chambre, elle se jeta sur son sac et s'empara de son livre avant de retourner dans la salle à manger. Essoufflée, elle brandit l'ouvrage comme s'il expliquait tout à lui seul.

— Un vieux livre de sortilèges, grogna Ed. Vous n'en avez donc pas fini avec la magie ?

— Ça ne fait que commencer mon vieux, répondit Ezra en se resservant du poulet.

— Dans ce livre, déclara Abigail sans se préoccuper de l'intervention des deux garçons, il y a la solution au problème Tituba.

— Et c'est quoi, le problème Tituba ? grommela Ed.

Abigail le foudroya du regard.

— Tituba est dans la nature, on ne sait où, et elle peut nous tomber dessus à tout moment. Nous devons nous débarrasser d'elle définitivement !

— Comment ? demanda Betty.

— Ce livre parle d'un sortilège qui permet de détruire toute forme de magie noire !

— Par quel moyen ?

Captivée, Betty s'était penchée vers sa cousine, les coudes sur la table.

— Il faut réunir les cinq pierres d'Éops. Et ces pierres, ce sont celles que les garçons ont en leur possession depuis plusieurs années.

Betty se tourna vers Ed.

— Tu as une pierre magique ?

— Absolument pas. Mais attends !

Ed prit un air concentré, fourragea dans sa poche et ressortit son poing fermé, un grand sourire victorieux sur le visage. Il ouvrit la main. Il n'y avait rien.

— Ah non ! J'ai cru que j'avais une baguette magique en réserve !

Betty lui lança un regard furieux.

— Elle a raison, Ed, intervint Ezra. Ce sont les pierres blanches que nous utilisions pour prêter serment. Il y en a cinq et nous devons trouver les autres. En fait, nous devons trouver Jack, Joshua et Harvey.

Ce fut au tour d'Ed de sortir de la pièce. Quand il revint, il tenait une petite roche blanche.

— Ça ? s'exclama-t-il en la brandissant sous le nez d'Ezra. Cette pauvre pierre est un objet magique qui permettrait de… je ne sais plus quoi !

— De détruire toute forme de magie noire, lui rappela Abigail.

— N'importe quoi !

— Regarde !

Abigail montra l'image dans le livre. Ed étudia attentivement l'illustration et observa la pierre. Somme toute, ce qu'il tenait dans la main pouvait ressembler à n'importe quelle autre roche.

— Je peux t'assurer qu'il s'agit bien de cette pierre-là ! s'exclama Abigail qui avait suivi le raisonnement silencieux du jeune homme.

— D'accord, d'accord, abdiqua Ed. Mais si c'est le cas, qu'est-ce que vous allez faire ?

— Vous ? demanda Betty. Et nous alors ? Nous allons les aider !

Abigail retint un petit cri de victoire. Ezra sourit. Les deux filles étaient bien de la même famille !

— C'est une aventure qui nous attend, Ed, annonça Ezra. Et on ne sait pas vraiment où elle va nous mener ! Déjà, la chose la plus difficile sera de retrouver les trois autres pierres.

— Mais j'ai plein de choses à faire à Boston encore ! protesta Ed. Et puis…

— Tous ces vieux papiers peuvent bien attendre encore un peu ! s'écria Betty. J'ai hâte de commencer les recherches. Enfin une nouvelle aventure ! La vie mondaine est tellement... fastidieuse !

— Ed, réfléchis ! dit Ezra. C'est le meilleur moment pour finir notre tâche !

— Notre tâche... C'est plutôt la vôtre, bougonna Ed.

— Tu n'avais qu'à ne pas venir à Salem ! le tança Betty. Maintenant, que tu le veuilles ou non, tu es avec nous !

— Je ne sais pas, Betty, tenta Ed. Je suis fatigué de tous ces événements. J'espérais vraiment régler les affaires de mon père et vendre la maison. Ensuite, pourrions nous installer à Salem.

— N'essaie même pas, mon vieux, intervint Ezra. J'avais les mêmes arguments que toi et Abi les a démontés un par un !

— Allez ! supplia Abigail. Ce serait vraiment génial de partir tous les quatre !

— Comme au bon vieux temps ! renchérit Betty.

Les deux jeunes hommes se regardèrent, amusés.

— Après tout... un peu d'exercice ne peut pas nous faire de mal ! capitula Ed.

Ezra haussa les épaules, ravi à l'idée de repartir en chasse avec son ami. Les filles exultaient. Elles avaient réussi, sans trop de mal, à convaincre leurs compagnons de prendre la route. Les recherches iraient beaucoup plus vite à quatre et peut-être seraient-ils de retour avant le début de l'automne. Cela leur laissait près de deux mois pour tout régler.

Ed s'éclipsa pour revenir avec, dans les mains, une bouteille de vin.

— Trinquons à notre nouveau périple !

Il sortit quatre verres à pied du vaisselier, les distribua et servit de grandes rasades d'alcool. Le visage radieux, les quatre amis firent tinter leurs verres les uns contre les autres.

— À notre nouvelle aventure ! s'exclama Ezra.

Et les trois autres reprirent en chœur.

3

Ezra avait un peu forcé sur le vin la veille au soir en compagnie d'Ed. Les deux jeunes hommes avaient veillé plus tard que leurs compagnes et, ce matin, Ezra avait un peu mal à la tête. Quand Abigail le secoua pour le réveiller, il était persuadé de n'avoir même pas dormi une minute. Il se retourna sur le ventre et enfouit sa tête sous l'oreiller.

— Ezra ! Il est déjà tard. Il faut se dépêcher ! Betty et Ed nous attendent pour le déjeuner.

Le jeune homme grogna. Abigail soupira. Elle s'assit à côté d'Ezra et lui susurra des mots doux à l'oreille. Ezra se décida à se lever. Il enfila rapidement un pantalon et sa tunique, se jeta un peu d'eau fraîche au visage et suivit Abigail dans le couloir. Arrivé dans la salle à manger, Ezra réprima un sourire devant la figure chiffonnée de son ami. De toute évidence, lui non plus n'avait pas assez dormi.

— Ces filles me tueront, soupira Ed.

Abigail et Ezra s'attablèrent. La jeune fille brisa le silence en demandant à la ronde :

— Alors, par où allons-nous commencer ?

Les deux garçons se regardèrent, l'air interrogateur.

— Il me semble que le plus logique serait de nous rendre tout d'abord à l'orphelinat où nous étions, comme tu me l'as déjà suggéré, dit Ezra. Ed, tu te souviens où il se trouve ?

— Je ne m'y suis jamais rendu pour une promenade de santé, mais je sais effectivement dans quel quartier de la ville il est.

— Je propose que nous y allions dès que nous aurons fini de manger ! s'exclama Betty.

Les trois autres acquiescèrent. Pour ne pas perdre de temps, tous expédièrent en vitesse leur déjeuner. Chacun remonta dans sa chambre pour faire un brin de toilette. Quand neuf heures sonnèrent à la pendule, les deux couples se retrouvèrent dans le hall. Dehors, la vie matinale de Boston battait déjà son plein et la chaleur de l'été promettait d'être accablante. Ils s'engagèrent tous à la suite d'Ed qui les dirigea loin des grandes artères pour circuler plus librement dans les ruelles. Malgré l'envie d'en finir au plus vite avec cette histoire, les deux filles ne pouvaient s'empêcher de s'arrêter devant chaque vitrine qu'elles croisaient.

— Cette robe est magnifique ! souffla Abigail à sa cousine. On dirait de la soie. Quelle merveille !

— Je te l'offrirai un jour, dit Ezra qui s'était approché. En attendant, nous avons autre chose à faire.

Détachant à regret son regard de la robe, Abigail prit la main d'Ezra, attrapa Betty par le bras et ils continuèrent leur chemin. Ils ne marchaient que depuis une vingtaine de minutes, mais déjà la moiteur du temps avait imprégné leurs vêtements.

— On est encore loin ? demanda Betty.

— Assez, oui, je crois, répondit Ed.

— Ça n'aurait pas été plus rapide de prendre une calèche ? soupira Abigail.

— Je crois que tu ne te rends pas compte du coût de la vie dans cette ville, dit Ed. Tout est hors de prix pour nous. Allez, courage ! Une bonne marche ne peut que nous faire du bien ! Et regardez-moi ce ciel. Pas un nuage à l'horizon !

— Et pas un brin d'ombre dans les rues, grommela Ezra. Je me baignerais bien.

Les trottoirs n'étant pas larges, Ed ouvrait la marche avec Ezra à ses côtés. Les deux jeunes filles flânaient derrière eux, s'éventant comme elles pouvaient avec leurs mains. La ville de Boston était quand même très agréable avec ce temps. Les cafés et les restaurants avaient ouvert leur terrasse ; des marchands de limonade sillonnaient les rues ; des enfants jouaient sur les pavés tandis que leurs mères, protégées par des ombrelles, discutaient. Il faisait bon vivre ici. Rapidement, ils laissèrent derrière eux ces jolies scènes familiales et pénétrèrent dans un quartier d'ouvriers aux murs sales et décrépis. Les bâtiments étaient si proches les uns des autres que les rayons du soleil avait du mal à s'infiltrer entre les toits. Ed semblait savoir où aller.

— C'est ici que vous avez grandi ? s'étonna Betty.

— Je suis même à peu près sûr que la plupart des enfants de l'orphelinat sont nés dans ce quartier.

— Ça voudrait dire que... commença Ezra.

— Oui ! Nous avons sans doute vécu à côté de nos parents.

— Mais pourquoi vous auraient-ils envoyé à Crackwick ? demanda Betty.

— Eh bien, sans doute n'avaient-ils pas les moyens de nous élever ou peut-être ne voulaient-ils pas de nous. Toujours est-il que Crackwick était la meilleure solution à leurs yeux. Ils n'ont pas dû hésiter longtemps avant de nous laisser devant la porte, ajouta Ed, amer.

— Au moins, ils vous ont vu grandir, tenta Abigail.

— Je ne crois pas qu'ils se soient préoccupés de notre existence une fois que nous avons passé les grilles de l'orphelinat, jeta Ed.

Quand il se tut, personne n'osa briser le silence. Ils déambulèrent dans le quartier quelques minutes encore, sondant les rues sombres, observant les bâtisses de brique rouge et les usines qui se succédaient. Il y avait peu de gens dans les rues.

— C'est là, déclara Ed en s'arrêtant brusquement.

Betty, qui le suivait de près en ne cessant de regarder à droite et à gauche, lui rentra dedans et manqua de perdre l'équilibre. Ed la rattrapa rapidement. Les quatre promeneurs levèrent le nez sur un bâtiment ressemblant à un antique manoir, aux murs assombris par la crasse et la fumée qui s'exhalait continuellement des cheminées des usines. La plupart des vitres étaient cassées, et le haut portail en fer forgé au-dessus duquel trônait une pancarte de guingois annonçant *Orphelinat de Crackwick* avait été en partie arraché de ses gonds. L'une des portes gisait sur le sol de terre, rongée par la rouille, les barreaux tordus.

— Cet endroit n'est pas rassurant, chuchota Abigail en se serrant contre Ezra.

— Il est abandonné, c'est tout, la rassura-t-il. Tu vois les deux hautes tours ? Les chambres s'y trouvaient. À gauche pour les grands, à droite pour les petits. Les salles de classe étaient au rez-de-chaussée avec la cuisine et la cantine. Le directeur de l'orphelinat et le directeur adjoint vivaient dans les tours, en dessous des dortoirs.

— Qu'y avait-il au sous-sol ? demanda Betty en désignant les fenêtres qui sortaient à peine du sol.

— Les salles de torture, bien sûr ! lui souffla Ed à l'oreille, ce qui fit sursauter la jeune fille.

— Ce n'est pas drôle ! s'indigna-t-elle. Je n'ai aucune envie d'entrer dans ce bâtiment.

— Aurais-tu peur ? s'étonna Abigail.

— Bien sûr que non ! Mais regarde ! Le bâtiment est en si mauvais état que tout pourrait s'écrouler sur nous en un rien de temps. Je n'ai aucune envie de rester coincée sous les décombres de cet orphelinat lugubre.

— Il va pourtant bien falloir que nous y entrions si nous voulons découvrir quelque renseignement, formula Ed. Je ne crois pas que nous risquions grand-chose. Je ne suis pas venu souvent par ici mais, chaque fois, j'ai trouvé des enfants en train de jouer dans la bâtisse. Je n'ai jamais entendu dire que quelqu'un s'y était blessé.

— Il faut une première fois à tout, grommela Betty.

— Allons, Betty ! la tança Abigail. Nous n'avons pas fait tout ce chemin pour rien. Maintenant que nous sommes là, autant entrer.

— Très bien ! Mais vous ne pourrez pas dire que je ne vous avais pas prévenus !

Ezra passa le portail, suivi d'Ed, d'Abigail et de Betty. Ils traversèrent rapidement la cour et montèrent les quelques marches. Le verrou de la lourde porte en bois avait été arraché. Le battant s'ouvrit en un grincement sinistre. Les visiteurs se faufilèrent dans l'entrebâillement. Ils se retrouvèrent au bas du grand escalier qui menait aux dortoirs.

— Si mes souvenirs sont bons, les salles administratives se trouvaient au même étage que les salles de classe, dit Ezra. Je ne crois pas que ce soit nécessaire de monter aux étages.

— Je ne crois pas non plus, confirma Betty.

Ils s'engagèrent dans le couloir de gauche et se dispersèrent pour entreprendre leurs recherches. Betty poussait prudemment chaque porte et jetait un œil rapide à l'intérieur des pièces. Une épaisse couche de poussière recouvrait les tables et les chaises d'écoliers.

De lourdes tentures avaient été jetées devant les fenêtres aux vitres brisées, ce qui renforçait l'effrayante atmosphère.

— Ici ! cria Ed.

Les trois autres se précipitèrent dans la pièce d'où était venue la voix. Ils trouvèrent Ed à genoux sur le sol maculé de crasse, en train d'essayer de forcer le tiroir d'un bureau abîmé.

— Je me souviens qu'ici c'était le bureau du directeur ! s'écria Ed.

— Moi aussi ! renchérit Ezra. À chaque punition, il ouvrait ce tiroir et ajoutait un rapport dans le dossier de l'enfant pris en défaut.

Il se laissa tomber par terre et aida son ami à ouvrir le casier. Le bois craqua si fort que le son résonna jusque dans le long couloir vide. Des dizaines de feuilles tombèrent du tiroir éventré ; Ed et Ezra s'empressèrent de les ramasser.

— Prenez tous les dossiers, dit Abigail, et sortons d'ici. Nous irons les regarder au soleil.

Betty approuva avec soulagement. Chacun s'empara d'une pile de papiers jaunis sur lesquels s'étalait une écriture délavée et si penchée qu'elle en était presque illisible. Les quatre compagnons retrouvèrent avec bonheur le soleil éclatant.

— Si nous allions lire tout ça au Boston Common ? proposa Betty. Nous pourrions nous installer dans l'herbe, et peut-être y aura-t-il ces petits vendeurs de limonade. Avec cette chaleur, je meurs de soif !

— Très bonne idée ! approuva Ed.

Ils se dirigèrent donc vers le parc, laissant derrière eux le quartier ouvrier et l'orphelinat. Avant de tourner le coin d'une rue, Abigail se retourna pour contempler une dernière fois le bâtiment. Elle ne put réprimer un frisson.

Le parc était bondé. Des dames en toilette élégante se promenaient au bras de messieurs coiffés de chapeaux. Des calèches sillonnaient les chemins de terre. De jeunes enfants faisaient voler leur cerf-volant, jouaient au cerceau, au cricket. Un peu plus loin, des cibles avaient été installées pour le tir à l'arc. Betty repéra un petit garçon qui avait installé un stand de limonade. Attrapant sa cousine par le bras, elle l'entraîna à sa suite. L'enfant leur prépara les quatre gobelets demandés et les jeunes filles allèrent s'asseoir dans l'herbe avec leurs amoureux. À l'ombre d'un vieil orme, ils sirotèrent en silence leur boisson.

— Allez, il faut s'y mettre ! déclara Ed.

Il répartit équitablement les dossiers en quatre piles ; ensuite, il en distribua une à chacun. Tous plongèrent dans la paperasse. Quelques minutes s'étaient écoulées quand Betty cria :

— J'ai ton dossier, Ezra !

Le jeune homme se précipita aux côtés de son amie et lui arracha les feuilles des mains. Dès la première ligne, il afficha une moue déçue. Espérant secrètement trouver le nom de ses parents sur le document, il n'y découvrit que son propre nom suivi d'un numéro censé l'identifier.

— Comment peux-tu être sûre que c'est moi ? demanda-t-il à Betty. Nous étions plusieurs à nous appeler Ezra à l'orphelinat.

— À l'intérieur du dossier, il y a la liste de toutes les punitions que tu as eues – d'ailleurs, cela a pris plus d'une page ! Il y a le nom d'Ed qui ressort souvent, ainsi que ceux de Jack, Harvey et Joshua.

Ezra sourit aux souvenirs que lui évoquaient les lignes qu'il parcourait. Mais il n'en apprit pas plus sur lui. La compilation des faits s'était arrêtée le jour de son départ. On ne mentionnait nulle part qu'il s'était enfui.

— Il n'y a pas grand-chose dans mon dossier non plus, déclara Ed. Mais je ne me souvenais pas d'avoir pris autant de coups de canne !

Il échangea un clin d'œil complice avec son ami.

— J'ai les dossiers de Harvey et de Jack ! s'exclama Abigail.

— Et moi, celui de Joshua ! renchérit Ezra.

Les quatre têtes se penchèrent sur les documents, les épluchant un par un.

— Rien… soupira Ezra. Leurs dossiers ont été fermés en même temps que les nôtres.

— Sauf celui de Harvey, dit Abigail.

— Mais cela ne nous dit pas ce qu'il est devenu, formula Ezra.

— Quelle est la prochaine étape ? demanda Betty.

— Je ne sais pas, dit Ezra. L'orphelinat est le seul lien qui nous unissait les uns aux autres.

Tous restèrent silencieux, visiblement abattus. Ils passèrent le reste de la journée au parc à lézarder et à essayer de trouver un moyen de retrouver les amis d'Ezra et d'Ed. Mais quand le soleil commença à se coucher, ils n'avaient toujours pas de solution. Finalement, ils reprirent le chemin de la maison des Redd pour le souper, emportant avec eux les dossiers qu'ils déposèrent dans le bureau d'Ed.

Quand ils montèrent se coucher, la déception se lisait sur les traits des quatre compagnons. L'orphelinat représentait leur meilleure chance et ils étaient rentrés bredouilles. Dans leur chambre, pendant que Betty se préparait pour se mettre au lit, Ed dit :

— Je me demande si c'est une bonne idée de faire tout ça.

— Comment ça ?

— Je ne crois pas aux signes, mais… peut-être que nous ne devons pas retrouver Harvey, Joshua et Jack.

— N'importe quoi ! Nous nous sommes engagés auprès de nos amis, alors nous irons jusqu'au bout.

Ed haussa les épaules et s'allongea sur le grand lit. Les fenêtres étaient restées fermées toute la journée et, dans la pièce, l'air qui ne s'était pas renouvelé sentait le renfermé. Ed alla ouvrir grand la fenêtre pour laisser entrer une bourrasque d'air frais parfumé des odeurs nocturnes bostoniennes. La ville ne dormait pas encore et les bruits du quotidien parvenaient, étouffés et lointains. Betty éteignit la lumière et s'allongea en soupirant. Ed resta un moment à respirer l'air frais près de la fenêtre. Quand il rejoignit Betty, celle-ci dormait à poings fermés.

Betty se réveilla en sursaut. Elle ne se trouvait pas dans son lit ni dans la maison d'Ed. D'après ce qu'elle voyait autour d'elle, elle n'était même pas à Boston. La panique la submergea. Puis elle reconnut le lieu. C'était cette sorte de passage entre le monde des morts et celui des vivants. Comment avait-elle fait pour y basculer sans s'en rendre compte ? Elle regarda autour d'elle. Rien n'avait bougé : le chemin sans fin bordé de champs d'herbe verte et l'ornière remplie d'eau étaient toujours là. Betty retrouva la pierre sur laquelle elle s'était déjà assise et attendit. Patienta-t-elle des heures ou seulement quelques secondes ? Elle n'aurait su le dire. Dans cet endroit, on ne sentait ni la fatigue, ni la faim, ni la soif. Un paradis entre les enfers. Elle reconnut tout de suite la silhouette emmitouflée dans son éternelle cape noire qui apparut. Quand Rose Parris s'avança vers elle, Betty se précipita à sa rencontre.

— Maman ! s'écria-t-elle. Je suis tellement contente de te voir !

Rose serra sa fille dans ses bras sans dire un mot. L'étreinte se prolongea, car la séparation datait de plusieurs semaines.

— C'est toi qui m'as fait venir ici ? demanda Betty.

— Oui.

— Pourquoi ne m'appelles-tu pas plus souvent? Nous pourrions nous voir régulièrement !

— Cela me demande beaucoup trop d'énergie de te faire venir ici. Et cela t'en prend aussi. Demain, au réveil, tu ne te sentiras pas en pleine forme. Il ne faut pas abuser du procédé. Mais là, c'est différent. Je me dois de vous aider dans votre quête.

— Tu sais ce que nous sommes en train de faire ?

— J'ai toujours un œil sur toi, en toute circonstance. Si je ne suis pas là physiquement, mon esprit te suit partout. Je n'ai pas beaucoup de temps, alors tu dois m'écouter attentivement. Je sais peu de choses, mais j'espère que cela suffira à vous aider. L'ami d'Ed et d'Ezra, Joshua, est étudiant à l'Université de Boston. Cependant, je ne sais pas quel cours il suit, et j'ignore quand il se trouve là-bas.

— Tu en es sûre ?

— Je l'ai vu, Betty.

— Mais tu ne sais même pas à quoi il ressemble !

— J'ai la capacité de voir d'une façon différente des vivants. Je peux reconnaître une personne grâce à un lien proche ou lointain que celle-ci partage avec quelqu'un dont je connais le visage. Tous les êtres humains sont reliés par des connections invisibles qui se resserrent, s'étiolent ou se créent au fil du temps. C'est ce que je perçois tout le temps : cela ressemble à une gigantesque toile d'araignée. Mais ça n'a pas d'importance. Préviens Ezra et les autres. Et dès demain, allez à l'université. Je sens que les choses vont débouler ! Je dois partir maintenant.

— Attends !

Rose, qui avait commencé à s'éloigner, se retourna et adressa un sourire triste à sa fille.

— De te voir et de te quitter aussi rapidement me déchire le cœur, mon enfant.

Elle marqua une pause.

— Es-tu heureuse dans ta nouvelle vie ? Ed a l'air d'être un gentil garçon.

— Il l'est. Je regrette que tu ne puisses le connaître mieux.

— Je le regrette aussi. Maintenant, ferme les yeux.

Lorsque Betty rouvrit ses yeux, elle découvrit la noirceur du milieu de la nuit. À ses côtés, Ed dormait paisiblement. La jeune fille se redressa brusquement et secoua son amoureux avec violence. Ce dernier se réveilla en sursaut, l'air hagard, les yeux voilés de sommeil.

— Qu'est-ce qui se passe ? demanda-t-il. Tu as fait un cauchemar ?

— Non, un rêve passionnant ! Ed, je viens de discuter avec ma mère. Elle sait où on peut trouver Joshua.

Ahuri, Ed fixa Betty. Comme il tardait à réagir, la jeune fille sauta en bas du lit, enfila une robe de chambre et cria :

— Mais qu'est-ce que tu attends ? Va vite réveiller Ezra et Abigail ! Nous devons leur apprendre la nouvelle tout de suite !

Ed se réveilla tout à fait et se précipita vers la porte qu'il ouvrit à la volée.

4

Sept heures n'avaient pas encore sonné quand Ezra tambourina sur la porte de la chambre d'Ed et de Betty en leur hurlant de se lever. Ed grogna. Il était allé parler à son ami il y avait quelques heures à peine. Il n'aurait jamais imaginé qu'Ezra serait sur le pied de guerre si tôt.

— Allez ! Il faut qu'on aille trouver Joshua ! Tu n'es pas excité à l'idée de le revoir ? demanda Ezra en martelant le battant des deux poings.

— EZRA ! hurla Ed. Retourne te coucher ! L'université n'a pas encore ouvert ses portes. Nous avons toute la journée.

Ezra tourna la poignée et déboula dans la chambre de ses amis. Il se précipita sur les rideaux et les tira pour faire entrer le soleil naissant. Abigail passa devant la porte, les yeux encore embués de sommeil.

— Il m'a fait le même coup, dit-elle à Ed qui lui lançait un regard suppliant. Et je le connais. Il vaut mieux que vous vous leviez si vous ne voulez pas qu'il vienne se coucher entre vous deux pour vous parler encore et encore.

Comme un fantôme, elle continua son chemin, pieds nus sur la moquette du couloir.

— Je crois que je ne t'aime pas ce matin, Ezra, gronda Betty de sous son oreiller.

Ed attrapa un coussin et le jeta en direction de son ami qui l'esquiva habilement en riant. Tout guilleret, celui-ci claironna :

— Le petit-déjeuner nous attend ! Vous ne sentez pas cette odeur de pain chaud ? En plus, il fait tellement lourd dans cette ville que ça ne nous fera pas de mal de partir plus tôt pour éviter la chaleur.

Contraints et forcés, Betty et Ed sortirent du lit, tout chiffonnés de fatigue. Grommelant des malédictions, Betty quitta la chambre en traînant les pieds et descendit le grand escalier en continuant de maugréer. Abigail était déjà attablée ; elle tenait dans ses mains une tasse de thé qui fumait. Elle adressa un sourire timide à sa cousine. Après avoir vécu de nombreuses années avec elle, Abigail avait appris que Betty détestait être tirée du lit et que si, par malheur, ça lui arrivait, il fallait absolument laisser passer quelques instants avant d'engager une conversation. Betty s'installa en face d'elle, prit la théière et se servit une tasse. Une gouttelette brûlante atterrit sur le dos de sa main et elle grogna une fois de plus. Abigail réprima un sourire. Après qu'elle eut englouti sa troisième tartine et que les deux garçons eurent entamé leur deuxième café, Betty commença à revenir à la vie.

— La prochaine fois que ma mère m'apparaît et me donne un indice, marmonna Betty à Ezra, j'attendrai le matin avant de te le dire. On n'a pas idée de réveiller les gens si tôt !

— Allons, Betty ! s'écria Ezra. Pendant la guerre, tu n'as pas fait beaucoup de grasses matinées. Tu devrais être habituée.

— Justement ! J'ai beaucoup de sommeil à rattraper !

— Assez discuté ! dit Ezra. Allons-y maintenant !

Ils sortirent tous les quatre sous le soleil matinal et apprécièrent la fraîcheur qui régnait encore dans les rues. Devant l'air ravi de ses compagnons, Ezra ne put réprimer un sourire de contentement.

— Dans quelle direction est l'université ? demanda-t-il à Ed.

Celui-ci tendit le bras droit devant lui.

— Mais elle est beaucoup trop loin pour que nous nous y rendions à pied, prévint-il.

La déception se peignit sur le visage d'Ezra.

— Nous devons prendre une voiture ? s'enquit-il.

Ed acquiesça. Lui et ses amis s'engagèrent dans les rues qui menaient au centre-ville. Ils marchèrent jusqu'à la grande artère qui traversait Boston d'est en ouest. Ed jeta un coup d'œil alentour, leva le bras et émit un sifflement sonore. La voiture qui arrivait à vive allure stoppa aussitôt devant le quatuor. Les chevaux piaffaient d'impatience, le poitrail déjà souillé de sueur. Les promeneurs montèrent dans le coche et Ed indiqua la direction au conducteur. Une quinzaine de minutes plus tard, ils furent déposés devant un immense bâtiment de briques rouges, construit à côté d'une rivière. Abigail et Betty s'extasièrent devant l'université et le grand parc qui l'entourait.

— Mais c'est immense ! s'exclama Ezra. Comment allons-nous retrouver Joshua là-dedans ?

— Je pense que, comme dans tout édifice de ce type, les bureaux administratifs doivent être regroupés quelque part, avança Ed. Il suffit de les trouver !

— Et après ?

— Eh bien… Nous aviserons !

Ezra haussa les épaules et emboîta le pas à Ed qui se dirigeait, l'air sûr de lui, vers la grande porte de l'université. Dans le hall, un panneau expliquait comment se rendre à l'administration. Une fois parvenus à destination, les visiteurs ne surent comment procéder. Betty décida de prendre les choses en main. Elle entra dans une pièce au hasard.

— Excusez-moi, dit-elle à l'homme derrière le bureau, je suis à la recherche d'un de vos étudiants.

Suspicieux, l'homme releva la tête et observa la visiteuse.

— Et pourquoi ça, mademoiselle ?

— Eh bien, en fait, c'est un ami de longue date que je n'ai pas vu depuis très longtemps et…

— Comment s'appelle-t-il ?

— Joshua.

L'administrateur la regarda, attendant la suite. Comme Betty ne disait rien, il brisa le silence.

— Serait-ce trop vous demander de me donner son nom de famille ?

Betty sentit ses joues déjà rouges se mettre à chauffer.

— C'est-à-dire que… je ne m'en souviens plus.

— Un ami de longue date, disiez-vous ? dit l'homme, ironique. Seriez-vous en train de vous moquer de moi, mademoiselle ?

— Écoutez, je suis désolée. Ma mémoire me fait défaut… Est-ce que vous pouvez quand même m'aider ?

— Même si je le pouvais, je ne pense pas que je le ferais. Je me dois de garantir la sécurité des étudiants et je vous trouve bien étrange. De plus, mademoiselle, je ne sais pas où vous croyez vous trouver mais dans cette ville, et plus particulièrement dans cette université, il doit y avoir des centaines de Joshua. Maintenant, je vous prie de sortir. J'ai du travail. Bonne chance dans vos recherches, mademoiselle, mais si j'entends parler du moindre incident dans ces lieux concernant un Joshua, je saurai vous retrouver.

Secouée, Betty alla retrouver ses amis. Devant son air penaud, ils comprirent que ça ne s'était pas bien passé.

— Peut-être pourrions-nous aller nous renseigner à la bibliothèque ? proposa Abigail en désignant du doigt le panneau qui montrait la direction à prendre pour se rendre à l'endroit. Et nous devrions nous séparer pour ne pas trop attirer l'attention. Heureusement que nous avons sensiblement l'âge de tous ces étudiants !

Ed et Ezra approuvèrent la suggestion. Ils s'engagèrent dans un large couloir qui les mena tout droit à la bibliothèque. Quand Abigail jeta un œil à l'intérieur de celle-ci, elle eut le souffle coupé. Cette bibliothèque ressemblait en tout point à celle qu'elle avait visitée lors de son précédent voyage à Boston avec sa cousine, sauf qu'elle était deux fois plus grande. Sans prêter attention à ses compagnons, elle pénétra dans l'immense pièce et tourna sur elle-même pour admirer les hauts murs remplis d'ouvrages. Ezra sourit en voyant la réaction de son amoureuse. Ed et lui décidèrent de rôder dans les parages. Ils étaient les plus à même de reconnaître Joshua. Remise de ses émotions, Betty s'était approchée d'un groupe d'étudiants et avait engagé la conversation avec eux.

Tout en discutant, Ed et Ezra s'éloignèrent de la bibliothèque et se dirigèrent sans y porter attention vers le bâtiment de lettres anglaises. Ed agrippa brusquement le bras de son ami.

— Là ! s'exclama-t-il en pointant quelqu'un droit devant lui. C'est Joshua !

— Tu en es sûr ? demanda Ezra, sceptique.

— Certain ! Tu ne te souviens pas ? Joshua avait une drôle de démarche. On avait l'impression qu'il était monté sur des ressorts. Regarde, il n'a pas changé !

Le jeune homme qui venait dans leur direction était plongé dans la lecture d'un livre et n'avait pas remarqué les deux personnes qui le fixaient. Ezra l'observa attentivement. Bien sûr, la coupe de cheveux rase réglementaire de l'orphelinat avait fait place à une épaisse tignasse de cheveux bruns mi-longs. Ce nez en trompette lui rappelait vaguement quelque chose et les pommettes hautes aussi. L'étudiant avait le teint blanc et la peau si fine qu'on y voyait de fines veines au travers. Ezra se rappela des moqueries au sujet de cette peau de princesse. Mais un doute subsistait quand même. Le jeune homme dut sentir qu'il était observé car il releva brièvement les yeux, croisant le regard d'Ezra qui arrêta de respirer. Ed avait raison. C'était Joshua. L'étudiant stoppa net devant les deux amis et les dévisagea tour à tour, bouche bée. Il fronça les sourcils.

— Impossible, marmonna-t-il. Je suis en train de rêver.

Il se remit à lire et passa entre Ezra et Ed qui se regardèrent, stupéfaits.

— Jos ! cria Ed.

Le jeune homme se retourna.

— Je ne rêve pas ?

Ezra hocha la tête de gauche à droite. Joshua laissa échapper un hurlement sauvage, sauta sur ses amis, passa un bras autour de leur cou et les serra à le leur rompre. Paniquées, Betty et Abigail, qui avaient entendu le cri, arrivèrent en courant dans le couloir. Elles s'immobilisèrent à la vue des trois garçons qui s'étreignaient et se donnaient de grandes claques dans le dos.

— On va encore devoir verser une larme pour eux, dit Betty.

Abigail s'esclaffa.

— Gérer les émotions de nos deux amis était déjà difficile. Les choses se compliquent !

Joshua mena ses compagnons à l'extérieur. Ils s'installèrent tous les cinq sur la pelouse. Ezra présenta Joshua aux filles. Ce dernier décocha un sourire qui fit rougir les deux cousines.

— C'est incroyable, souffla-t-il en reportant son attention sur ses amis. Cela fait si longtemps… Je ne pensais pas vous revoir un jour.

— À vrai dire, nous non plus, dit Ed.

— Vous habitez Boston ? Que faites-vous ? Racontez-moi !

Ed et Ezra échangèrent un regard gêné.

— En fait, commença Ezra, nous sommes venus te demander ton aide…

Joshua se renfrogna.

— Vous ne m'avez cherché que pour que je vous rende un service ?

— Non ! s'écria Ed. C'est beaucoup plus compliqué que ça.

— Alors expliquez-moi.

Ezra soupira.

— Nous sommes des sorciers, lança Betty d'un coup.

Abigail lui agrippa le bras.

— Sauf Ed, poursuivit Betty. Et comme nous n'avons pas beaucoup de temps devant nous, je vais te résumer toute l'histoire. Il y a eu une... guerre dans notre village. Tu as peut-être entendu parler de ce qui s'est passé à Salem. Nous sommes à la recherche de la sorcière qui a causé tous ces malheurs. Et pour détruire ses pouvoirs, nous avons besoin de quelque chose que tu détiens.

Joshua la regarda, les yeux exorbités. Puis il éclata de rire.

— Très drôle ! Vraiment très drôle ! J'ai failli te croire !

Il continua à rire tandis que les quatre autres le regardaient.

— Elle dit la vérité, avoua Ezra.

Joshua tourna la tête vers lui, les sourcils levés.

— Des sorciers ? cria-t-il.

Ed plaqua sa main sur la bouche de Joshua. Celui-ci se débattit jusqu'à ce que son copain le lâche. Il se frotta le nez tout en dévisageant les autres un à un.

— Soit vous êtes fous, soit c'est moi qui perds la tête. Des sorciers ? C'est impossible ! Je ne crois pas à toutes ces histoires.

— Tu as déjà entendu parler des inquisiteurs ? lui demanda Abigail.

— Bien sûr. Mais j'ai toujours cru que c'était une bande de singes misogynes qu'on avait lancé aux trousses des femmes…

— Les sorcières existent vraiment, Jos, dit Ed. J'en aime une, ajouta-t-il en désignant Betty.

Joshua ne put s'empêcher de sourire.

— Montrez-moi un tour !

— Nous ne sommes pas des magiciens ! s'indigna Ezra.

Betty tendit la main, paume vers l'herbe, et fit jaillir une petite fontaine d'eau. Paniqué, Joshua recula brusquement et frappa Abigail avec son pied. La jeune fille cria de surprise et massa son genou endolori. Ezra se précipita vers elle. Autour d'eux, les gens commençaient à les regarder avec insistance. Ed enjoignit à Joshua de bien se tenir. Il s'installa de façon à faire écran entre les étudiants et la fontaine d'eau de Betty qui se tarissait rapidement. Ezra passa un bras autour des épaules d'Abigail et afficha un air innocent.

— On est en train de se faire remarquer, gronda Ed. Alors, que tout le monde garde son calme. Betty, avant de procéder, tu aurais pu prévenir Joshua !

— C'était beaucoup plus drôle ainsi ! rit la jeune fille.

— Des sorciers, des sorciers, des sorciers… répéta Joshua. Incroyable !

— Incroyable, oui. Mais je t'en prie, sois plus discret !

— D'accord ! Dites-moi maintenant en quoi je peux vous être utile.

— Tu te souviens de ces petites pierres rondes que nous avions trouvées à l'orphelinat ? lui demanda Ezra. Elles sont magiques et cachent un grand pouvoir. Est-ce que tu as encore la tienne ?

Devant l'air hésitant de Joshua, Ezra sentit un poids s'abattre sur ses épaules. Si son ami n'avait plus la roche, ce serait impossible de la retrouver.

— Bien sûr que je l'ai gardée, dit enfin Joshua. J'ignorais seulement qu'il s'agissait d'une pierre magique.

— Nous l'avons appris il y a quelques semaines à peine, répondit Ezra, soulagé.

— Vous avez d'autres choses comme ça à m'apprendre ? fit mine de s'indigner Joshua.

Ed et Ezra échangèrent un regard tandis que Betty et Abigail souriaient.

— Des millions d'autres, lâcha Ezra. Mais nous avons peu de temps devant nous, malheureusement. Par contre, je serais vraiment intéressé de savoir comment il se fait qu'un fainéant comme toi étudie à l'université. On pourrait en discuter pendant qu'on se rend chez toi pour récupérer la pierre ?

— Ce n'est pas une très longue histoire, mon ami, dit Joshua en souriant. Disons simplement que j'ai grandi ! Mais soit, allons-y !

Joshua emmena le groupe vers un bâtiment plus haut que les autres.

— C'est ici que se trouve l'internat des garçons, expliqua-t-il. Celui des filles est plus loin, derrière le quartier des sciences, ajouta-t-il en pointant le doigt vers la direction opposée. J'espère que vous n'êtes pas trop fatigués parce que ma chambre se trouve au dernier étage !

Betty leva la tête pour estimer la montée.

— Au huitième ! s'écria-t-elle.

— Eh oui !

Seul Joshua eut le courage et suffisamment de souffle pour parler en montant les escaliers.

— Quand nous nous sommes enfuis, j'ai erré pendant des jours dans les rues de Boston, vivant de menus larcins. Je ne suis pas passé inaperçu dans la ville car, tout de suite après notre évasion, j'ai trouvé dans une poubelle un vieux manteau de fourrure. Quelque chose d'immense. Mais comme je n'avais rien d'autre... Très vite, je me suis fait repérer par les gamins du quartier. Ils étaient plutôt agressifs, mais surtout perdus. Je me suis imposé dans leur petite bande, personne n'a discuté. Pendant plusieurs mois, nous avons volé et survécu ensemble dans les rues de Boston, mais le froid est arrivé à grands pas. Certains de mes compagnons sont morts de froid, d'autres ont pris la route. Un soir, je me suis fait arrêter par la police et... on m'a renvoyé à l'orphelinat.

Ezra en eut le souffle coupé.

— Alors tu es retourné à Crackwick ? Tu as dû y retrouver Harvey.

— Il n'était plus là, ayant soi-disant été adopté. Je n'y ai pas vraiment cru. Nous étions déjà trop vieux pour intéresser qui que ce soit avant notre fuite. Mais finalement, à peine une semaine plus tard, une famille avec deux petites filles a décidé de m'emmener avec elle.

Joshua se tourna vers ses interlocuteurs, un grand sourire aux lèvres.

— Et pour rien au monde je ne regretterai jamais d'avoir été ramené à Crackwick ! Grâce aux parents qui m'ont adopté, j'ai eu une famille, un foyer, des études, des vêtements, de la nourriture. Et puis, j'ai aussi pu comprendre ce que c'est d'avoir une mère.

L'air heureux, Ed lui donna une grande tape sur l'épaule.

— Et maintenant, j'étudie en lettres anglaises pour devenir professeur.

Ezra et Ed échangèrent un regard goguenard que Joshua surprit.

— Je sais que vous vous souvenez de moi comme d'un cancre. Mais vous seriez étonnés de voir mes résultats. Tout le monde change ! Ah ! Nous y voilà.

Il entra dans sa chambre, meublée d'un vieux lit, d'un bureau bancal, d'une chaise et d'une armoire. Partout, des piles de livres montaient jusqu'au plafond. Abigail étouffa un cri de surprise.

— Elle doit être par là… marmonna Joshua, plongé jusqu'aux coudes dans un coffre antique. La voilà ! s'exclama-t-il soudainement.

Il sortit d'un monceau de vêtements une petite pierre ronde et blanche en tout point identique à celles d'Ezra et d'Ed. Joshua la remit à Ezra qui s'empressa de la mettre dans sa poche, avec les autres.

— Et maintenant ? demanda Joshua. Vous allez repartir ?

Abigail et Betty échangèrent un regard.

5

— En fait, il m'arrive de voir Jack, déclara Joshua.

Tous les cinq s'étaient installés du mieux qu'ils le pouvaient dans la petite chambre de Joshua. Les garçons, qui avaient laissé le lit aux filles, s'étaient assis à même le sol.

— Tu l'as retrouvé ? s'exclama Ezra.

— Tu sais, à part toi, personne n'a quitté Boston. Et même si c'est une grande ville, on finit toujours par croiser quelqu'un qu'on connaît. Quoique Harvey a peut-être aussi quitté la ville…

— Et où est Jack ?

— Il travaille chez un notaire dans le centre de la ville. Je dois avouer qu'il a maintenant une situation plutôt intéressante. On essaie de se voir de temps en temps, mais je crois qu'il n'aime pas se rappeler l'époque de l'orphelinat.

— Il faut que tu nous conduises à lui !

Excité, Ezra s'était redressé.

— C'est plus que ce que j'espérais. En à peine quelques jours, nous sommes déjà en possession de trois pierres !

— Peut-être que Jack n'a pas gardé la sienne, Ezra, dit gentiment Abigail. Reste calme. Il faut d'abord voir ton ami.

Ezra acquiesça. Joshua se releva d'un bond.

— Je n'ai pas de cours avant demain. Littérature anglaise. On étudie *Beowulf* et *Les contes de Cantorbéry.* C'est vraiment captivant !

Devant l'air poliment intéressé de ses amis, Joshua haussa les épaules. Tout le monde sortit de la chambre. Joshua referma derrière lui et enfouit la clé dans sa poche. En relevant les yeux, il se retrouva nez à nez avec Abigail qui semblait gênée.

— Je... je... bafouilla-t-elle. J'ai toujours été très passionnée par la littérature... Pourrais-tu m'en dire plus ?

Ravi, Joshua hocha la tête avec véhémence.

— Ce serait un plaisir de partager tout ça avec toi ! Viens, nous en parlerons en chemin !

Joshua guida ses compagnons hors de l'université, empruntant de sinueux couloirs qui débouchaient à l'arrière des bâtiments.

— Un peu d'escalade ne nous fera pas de mal ! s'exclama l'étudiant en riant.

Il pointa le haut mur qui encerclait les lieux.

— Si nous passons par là, nous gagnerons un temps précieux.

— J'aimais bien le côté de la rivière, avança prudemment Abigail.

— Ne vous inquiétez pas. Ce n'est pas compliqué du tout. Venez voir !

Joshua entraîna la bande vers un grand bosquet sous lequel il s'engagea. Ezra et Ed le suivirent sans hésiter ; les filles eurent plus de réticence. L'arbre formait une voûte sous laquelle ils pouvaient tous se tenir debout. D'épaisses branches avaient poussé à l'horizontale et s'étaient figées contre le mur de briques, formant une échelle naturelle. Joshua grimpa lestement sur la première branche et se hissa rapidement tout en haut. Les garçons le suivirent. Après avoir échangé un regard amusé, Betty et Abigail se lancèrent à leur suite. Arrivés au sommet, les quatre amis regardèrent avec stupeur Joshua se lancer dans le vide derrière le mur. En se penchant un peu, Betty vit qu'il avait atterri sur un gros tas d'herbe coupée. Elle se jeta à son tour. Joshua l'aida à se relever.

— Et quand il n'y a rien pour amortir la chute, comment fais-tu ?

— J'essaie de retomber sur mes pattes ! répondit le jeune homme en souriant.

Quand ils furent tous descendus, Joshua les fit traverser le champ qui bordait l'université.

— C'est un des derniers terrains en plein Boston qui n'est pas construit. Il appartient à l'université. Des rumeurs courent selon lesquelles l'institution compterait y bâtir un laboratoire de recherche sur je ne sais quelle maladie étrange. J'aime l'université pour ça aussi. C'est un microcosme d'intelligence, de bêtises, de réalité et de rumeurs. Pour faire la part des choses, il faut avoir les oreilles qui traînent partout. Et comme vous le savez, ajouta-t-il à l'intention d'Ezra et d'Ed, j'ai toujours adoré écouter aux portes !

Les garçons hochèrent la tête de concert. Joshua avait été puni un nombre incalculable de fois à l'orphelinat pour avoir mis son grain de sel dans les affaires de l'administration et dans la vie privée des professeurs ou des élèves. Malgré les représailles de plus en plus sévères, il n'avait jamais abandonné son passe-temps favori.

Ils débouchèrent bientôt dans les rues de Boston et Joshua les dirigea sous la chaleur du soleil qui était maintenant haut dans le ciel. Betty et Abigail longèrent les murs pour profiter des quelques pouces d'ombre, mais la brique, chauffée, exhalait un désagréable souffle d'air chaud. Tous furent bientôt en nage. Joshua, qui semblait toujours optimiste, se retourna vers la petite troupe.

— Nous sommes bientôt arrivés. Et Jack est un gentleman. Il nous offrira certainement quelque chose de frais à boire !

— Mais c'est le Boston Common ! s'exclama Betty.

— Jack habite juste à côté, indiqua Joshua.

— Quelle chance ! souffla Abigail.

— Une chance ? s'étonna Ezra. Pourquoi ça ?

— Ce parc est magnifique !

— Mais c'est un parc construit de la main de l'homme. Nous, nous vivons dans la vraie nature : forêts, montagnes, rivière !

— Je voulais seulement dire que, si nous habitions à Boston, j'aimerais aussi vivre à côté de ce parc.

— Comment est-ce, là où vous vivez ? demanda Joshua, intéressé.

— C'est un petit village caché entre les forêts, s'empressa de répondre Ezra. Il y a une grande rivière qui le longe, des champs à perte de vue. Avant que les inquisiteurs ne débarquent, il faisait bon y vivre. Aujourd'hui, nous essayons de reconstruire tout ce que nous avons perdu. Et je crois que nous sommes sur la bonne voie.

Ils bifurquèrent au coin d'une rue.

— Je croyais que Jack vivait près du parc ? lança Ed.

— Mais il ne travaille pas chez lui, expliqua Joshua. Nous devons nous rendre dans le centre de Boston. Ce n'est plus très loin, ajouta-t-il devant les mines déçues de ses amis.

Ils marchèrent quelques minutes encore avant d'arriver devant un bâtiment en larges briques grises. Imposant, celui-ci possédait au moins quatre étages. Sa haute porte en chêne était munie d'un épais heurtoir en cuivre, en forme de main. Ezra, Betty, Abigail et Ed n'avaient pas l'air très sûrs. Cet édifice ressemblait en tout point à une prison si l'on omettait les fenêtres sans barreaux.

— Je sais, dit Joshua. J'ai eu la même appréhension que vous la première fois que Jack m'a montré où il travaille. Je crois que c'est seulement pour impressionner les visiteurs, car l'ambiance est plutôt relâchée à l'intérieur. En tout cas, depuis que l'inquisition n'existe plus… Maintenant que les gens ne meurent plus par centaines, les notaires ont beaucoup moins de travail. Allez ! Jack sera ravi de vous voir !

Il empoigna le heurtoir et frappa. Les visiteurs entendirent le coup résonner à l'intérieur du bâtiment. Ils attendirent en silence. Quelques secondes plus tard, la lourde porte grinça et s'entrebâilla légèrement. Derrière, un petit homme s'arc-boutait pour essayer de la tirer vers lui. En vain. Joshua, Ed et Ezra lui prêtèrent main-forte et l'ouvrirent en grand.

— Cette porte est une malédiction, ahana le portier. Heureusement que nous ne sommes pas un musée, car je me serais déjà transformé en squelette. Ce battant me donne des suées que même la traversée de la ville au pas de course ne déclencherait pas.

Ed et Ezra échangèrent un regard furtif. Leur interlocuteur portait autour de la taille un embonpoint attribuable à la bonne chère et aux grands vins. Ses vêtements – cousus sur mesure par un grand tailleur sans doute – le boudinaient un peu, et un bouton de sa chemise, au milieu de l'abdomen, menaçait de sauter.

— Que puis-je pour vous, mes enfants ? demanda-t-il enfin après avoir repris son souffle.

— Nous aimerions voir Sir Jack Nothing.

— Bien sûr ! Installez-vous, je vous prie, dit le portier en désignant une rangée de fauteuils de velours rouge alignés contre le mur.

Tous s'assirent et gardèrent le silence. Dans le couloir de pierre, les pas du portier résonnaient comme dans une église.

— Sir Jack Nothing ! s'exclamèrent Ezra et Ed en même temps.

Joshua pouffa.

— Cela m'a surpris aussi quand je l'ai appris. Mais je trouve que ce nom lui va bien !

— D'où vient-il, ce nom ? s'enquit Ezra.

— Jack se l'est donné lui-même. Comme il me l'a expliqué, il n'a pas honte de ses origines. Il ne clame pas à tort et à travers qu'il est orphelin – quoique son nom en dise long. Mais lorsque quelqu'un s'informe à ce sujet, il ne s'en cache pas.

— Sir Jack Nothing… répéta Ed, qui n'en revenait toujours pas.

— Eh oui ! Jack a dû se faire anoblir pour se donner de la crédibilité comme notaire. Mais il vous expliquera tout ça beaucoup mieux que moi. Le voilà justement !

Le portier trottinait aussi vite qu'il le pouvait aux côtés d'un géant blond. Ed et Ezra se levèrent dans un bel ensemble tandis qu'Abigail et Betty observaient le jeune homme qui arrivait, bouche bée. Jack était immense avec un air sévère qui contrastait avec ses yeux rieurs. Ses cheveux blond cendré lui arrivaient aux épaules. Il portait un uniforme noir qui n'avait rien d'original mais qui lui seyait à merveille. Quand Jack aperçut Joshua, un sourire apparut sur son visage et il se précipita vers lui, la main tendue.

— Quel plaisir de te voir, Jos ! s'exclama-t-il. Cela fait bien longtemps maintenant ! Que me vaut ta visite ?

— Je t'ai ramené de vieux amis.

Joshua s'écarta pour permettre à Jack de voir Ed et Ezra. Le notaire dévisagea ces derniers en fronçant les sourcils. Vraisemblablement, il ne les reconnaissait pas. Ezra s'avança sans quitter Jack des yeux. Ce dernier sursauta avant de reculer d'un pas.

— Incroyable ! souffla-t-il.

— C'est ce que j'ai pensé aussi ! dit Joshua.

— Et toi !... s'exclama Jack en se tournant vers Ed.

Ed sourit. Un moment de flottement s'abattit sur le petit groupe et les deux filles se regardèrent, mal à l'aise. Puis une formidable cacophonie de cris, de questions et d'exclamations retentit tandis que les quatre garçons se tombaient dans les bras en s'envoyant des bourrades et de grandes claques dans le dos.

— Les voilà qui recommencent ! soupira Betty.

— Mais qu'est-ce que vous faites là ? demanda Jack. Et comment avez-vous retrouvé Joshua ? Que vous est-il arrivé depuis toutes ces années ? Où est Harvey ? Et qui sont ces charmantes demoiselles ? ajouta-t-il d'une voix langoureuse après un court silence.

Betty et Abigail rougirent de concert sous le regard goguenard d'Ezra et d'Ed. D'un air princier, Jack s'avança vers les jeunes filles. Il baisa une main à chacune. Betty et sa cousine étaient sans voix.

Ezra vint à leur secours.

— Jack, je te présente Abigail Williams et Betty Parris.

— Je suis enchanté, mesdemoiselles. Il y a un bal ce soir au palais de justice. L'une de vous m'accorderait-elle son bras ?

— Elles sont déjà prises, Jack ! intervint Ed. Et nous n'avons pas de temps à perdre avec un bal !

— Mon cher Ed, je te reconnais bien là. Toujours aussi impatient !

— Au fait, je voulais t'annoncer que je m'appelle Ed Redd maintenant.

Jack éclata de rire.

— Tu as changé de nom ?

— Hé oui, mon ami. Mais je n'ai pas pris le nom de Nothing !

Tous s'esclaffèrent, même Jack. Ce dernier prit la parole :

— C'est une charmante histoire que celle du choix de mon patronyme. Il faut que je vous la raconte. Je vous invite tous les cinq au bal ce soir.

— Nous ne pouvons pas y aller, Jack, répondit Ezra. D'abord parce que notre visite à Boston doit rester la plus discrète possible. Ensuite parce qu'Ed a raison, nous n'avons que très peu de temps.

— Ce n'est pas grave ! Mais je ne peux m'attarder maintenant, j'ai encore du travail. Cependant, je vous invite tous à venir souper chez moi ce soir ! Nous avons tellement de choses à nous raconter. Dire qu'il me reste encore – il sortit une montre de sa poche – quatre heures à passer ici !

Joshua lui donna une grande claque dans le dos.

— C'est ça, servir la société !

— C'est sûr qu'un pauvre petit étudiant comme toi ne changera rien à ce qui l'entoure !

Joshua et Jack éclatèrent de rire. Puis tous convinrent d'un rendez-vous à sept heures chez Jack. Ed et Ezra étaient ravis d'avoir retrouvé leur ami tandis que Betty et Abigail étaient subjuguées par l'aura du jeune homme.

— Que fait-on jusqu'à ce soir ? demanda Ezra.

— Et si on allait à la Taverne du vieux Riggs ? proposa Joshua en regardant Ed.

— Très bonne idée !

— La Taverne du vieux Riggs ? demanda Abigail, sceptique.

— Tu vas aimer, ne crains pas ! lança Joshua. Par contre, il faut retourner près de l'université.

Ses quatre amis soupirèrent. Dehors, le soleil était si fort qu'en regardant loin devant on voyait l'air trembler. Il y avait très peu de gens dans les rues. Plusieurs se trouvaient actuellement au travail et les autres étaient restés à l'abri des murs en pierre des maisons. Le moindre coin d'ombre était pris d'assaut et les marchands de glace tintinnabulaient de tous les côtés.

— Allez ! Haut les cœurs ! Nous n'en avons que pour une quinzaine de minutes.

— Ce qui équivaut au supplice sous cette chaleur ! s'exclama Betty.

— Mais au bout, une boisson bien fraîche nous attend !

Abigail haussa les épaules, remonta un peu ses manches et ouvrit le col de sa robe. Joshua siffla, l'air canaille, mais Ezra le frappa si fort dans les côtes qu'il en eut le souffle coupé. Abigail rosit joliment. Tous se mirent en route. Les trois garçons marchaient devant, spéculant sur Harvey, le compagnon qu'il restait à trouver.

— Je suis sûr qu'il n'est plus à Boston, avança Joshua. Je l'aurais croisé.

— Moi aussi, renchérit Ed.

— Je sais que vous avez l'impression que tout le monde se connaît à Boston, mais c'est quand même une grande ville. Il est possible que Harvey soit resté ici.

— Je pense que Harvey est loin ! déclara Joshua, buté. Cette ville ne lui rappelle que de mauvais souvenirs.

— Nous n'y avons pas vécu de très belles choses non plus, lui rappela Ezra.

— Peut-être, mais la vie a quand même été plus clémente avec nous !

Ezra haussa les épaules. De son passé, il se souvenait de gros malheurs et de quelques événements heureux. Il n'avait jamais vécu dans le faste de Jack ou d'Ed ni eu la chance de faire des études comme Joshua. Il ne regrettait pas son parcours ; après tout, cela lui avait permis de rencontrer Abigail. Mais il ne pouvait s'empêcher de penser que, si sa vie avait démarré autrement, il n'en serait pas là aujourd'hui.

— Mais comment faire pour retrouver Harvey ? s'interrogea à voix haute Ed.

— Tu ne trouves pas qu'ils ont rajeuni d'un coup en se retrouvant ? demanda Betty à sa cousine un peu plus tard.

— C'est l'impression que ça me fait aussi. Regarde leur démarche ! On dirait de grands gamins qui ne savent pas quoi faire de leur corps.

Elles pouffèrent si fort que les garçons se retournèrent vers elles avant de reprendre leur conversation animée.

— Comment as-tu trouvé Jack ? souffla Betty.

Abigail la regarda brièvement avant d'éclater de rire.

— Il est très beau, ça ne fait aucun doute. Et il le sait. Mais malgré tout, Ezra n'a pas d'égal.

— Oh ! s'exclama Betty. Vas-tu bientôt m'annoncer votre mariage ?

— J'aimerais tellement…

— Ne t'en fais pas ! Dès votre retour, Ezra va s'empresser de te passer la bague au doigt pour pouvoir rester tranquille au village.

— Ne dis pas ça ! S'il n'était pas venu, il n'aurait pas retrouvé Jack et Joshua !

— Tu sais, je me dis que les garçons ont besoin de nous pour les pousser à faire des choses. Sinon ils se laisseraient volontiers aller !

Elles rirent de nouveau.

— Je crois que nos amis auront du mal à retrouver cet Harvey. Penses-tu que ta mère pourrait nous aider encore une fois ? demanda Abigail à Betty.

— Je ne sais pas. Elle m'a expliqué qu'elle ne pouvait pas me faire venir dans cet étrange monde quand elle le voulait car cela lui demandait trop d'énergie. Et à moi aussi. Mais je ne désespère pas, car jusqu'à maintenant nous avons eu de la chance. Si maman ne nous avait pas aidés pour Joshua, nous ne l'aurions jamais retrouvé, et Jack non plus. Nous sommes si près du but !

— Il reste pourtant encore beaucoup à faire. Retrouver Tituba ne sera pas une mince affaire !

— L'anéantir non plus !

Betty et Abigail marchèrent en silence tandis que, devant elles, les garçons gesticulaient en tout sens en parlant de plus en plus fort. Soudain, Joshua se retourna vers les jeunes filles.

— Nous sommes arrivés, mesdemoiselles ! s'écria-t-il en tendant le bras vers un bâtiment à la jolie devanture en bois. Bienvenue à la Taverne du vieux Riggs !

Il s'agissait d'un troquet charmant au décor rustique mais accueillant. Ils s'installèrent à une petite table et passèrent leur commande. Bientôt, la chaleur ne fut plus qu'un mauvais souvenir chassé par la fraîcheur de la bière et de la limonade.

6

Lorsqu'ils sortirent de la Taverne du vieux Riggs, la nuit commençait à tomber. L'air était encore lourd, mais la moiteur de l'après-midi disparaissait peu à peu. Les garçons étaient gais, un peu éméchés par la délicieuse bière brassée par le vieux Riggs lui-même. Betty, Abigail et leurs compagnons étaient reposés et ravis d'aller manger chez Jack. Dans la rue, Joshua se mit à chanter, entonnant des airs marins appris à l'université. Rapidement, tous reprirent le refrain en chœur avec lui.

— « Ma douce, ma mie, je vous quitte ici ! Sur mon navire, je croise les eaux. Au bout du monde, j'irai chercher pour vous les épices les plus sucrées. Je reviendrai, guettez au loin, un drapeau blanc se lèvera et je vous marierai ! »

— Il est vrai que les marins avaient une femme dans chaque port ? demanda Betty.

— Bien sûr ! s'exclama Ed. Et c'est la chanson qu'ils chantent à chacune d'entre elles !

Les trois jeunes hommes éclatèrent de rire. Les amis s'engagèrent dans une petite ruelle sombre. Ils se tenaient maintenant bras dessus, bras dessous, et ils chantaient à pleins poumons. Abigail entendit un bruissement derrière elle et se retourna. La rue était déserte, mais elle était persuadée d'avoir vu un mouvement au coin de la rue. Un sentiment d'angoisse commença à naître en elle. Elle essaya de se rassurer en se disant qu'il s'agissait sans doute d'un chat errant et continua de marcher tranquillement aux côtés de sa cousine. Quand un raclement se fit entendre distinctement, elle agrippa Betty par le bras.

— Aïe ! s'exclama Betty. Qu'est-ce qui t'arrive ?

— Je crois que nous sommes suivis, souffla Abigail.

— Suivis ? cria Betty.

Abigail plaqua rapidement sa main sur la bouche de sa cousine. Betty jeta un œil derrière elles. Elle se dégagea ensuite du bâillon d'Abigail.

— Il n'y a absolument rien derrière nous. Tu as dû rêver.

Et elle accéléra le pas en entraînant sa cousine pour rattraper leurs amis. La troupe arrivait à un carrefour. Abigail ne cessait de regarder derrière elle. Comme rien ne bougeait, elle tenta de se convaincre que Betty avait raison. Mais son sentiment de malaise ne la quittait pas. Quand plusieurs hommes débouchèrent de trois rues, vêtus de capes noires, la peur la tétanisa sur place. Ezra, Ed et Joshua semblaient n'avoir rien remarqué, et Betty non plus. Abigail n'arrivait pas à parler. Ses compagnons continuaient à marcher tranquillement sans prêter attention à ce qui se passait. L'action fut fulgurante. Chacun d'entre eux fut immobilisé par un homme en cape noire. Betty poussa un hurlement strident tandis que les garçons se débattaient tant bien que mal dans les bras de leurs agresseurs. L'un des hommes rabattit sa capuche et dévoila son visage. La peau fanée, jaunâtre, il souriait avec concupiscence.

— Tiens, tiens, tiens, dit-il en s'approchant d'Ed et en lui relevant la tête d'un doigt sous le menton. Ne serait-ce pas le fils de feu le juge Redd ? Si je m'attendais à te trouver ici !

— Qui êtes-vous ? cracha Ed.

— Un vieil ami de ton père. Un ami de la famille, dirais-je.

— Qu'est-ce que vous nous voulez ?

— Juste discuter un peu. Vous avez bien le temps, non ?

— Nous sommes attendus ! gronda Ezra.

L'homme en noir se déplaça si rapidement qu'Ezra se retrouva le visage collé au sien sans avoir pu faire un geste pour l'éviter.

— Jeune homme, à ta place, je me tairais ! Bien, ajouta-t-il, guilleret, nous voilà donc enfin réunis. Ne vous méprenez pas, je vous connais tous. Tu es Ezra, le méritant sorcier de Salem. Vous êtes les cousines Betty Parris et Abigail Williams. Et toi, Joshua, tu es seulement au mauvais endroit au mauvais moment. Ce n'est pas de chance pour toi.

Joshua essaya de se débattre, mais l'homme qui le tenait était fort comme un bœuf. Celui qui parlait continua son discours.

— Vous êtes à la fois la cause de la création de l'inquisition et celle de sa disparition !

— Vous êtes des inquisiteurs ? s'exclama Abigail en essayant de ne pas laisser percer sa peur. Mais vous n'avez plus le droit d'exercer. L'inquisition a été dissoute.

— Miss-Abigail-je-sais-tout ! cria l'homme, ce qui fit tressaillir la jeune fille. Notre organisation a été victime d'une injustice. Notre cause est tout à fait recevable. Nous ne sommes plus qu'une poignée à croire encore à ce que nous faisons. Ceux qui sont partis sans se retourner ne sont que des traîtres. Nous, nous serons les héros de notre ville !

— Des fous ! cracha Ezra.

L'homme le frappa au visage du revers de la main. Ezra gémit sous la violence du coup. Sa lèvre avait éclaté et du sang commençait à perler. Abigail se mordit l'intérieur des joues pour ne pas hurler. Ses amis et elle étaient coincés dans ce quartier désert et ne savaient toujours pas ce que voulaient leurs assaillants. Ce fut Betty qui brisa le silence.

— Dites-nous ce que l'on peut faire pour vous qu'on en finisse !

— Ah ! s'exclama l'homme. Enfin ! Je me demandais quand l'un de vous allait poser cette question.

— Je vous l'ai demandé il y a quelques minutes à peine, dit Ed.

L'homme le regarda, mais ne lui répondit pas. Il concentra son attention sur Betty.

— Je veux vous faire payer, évidemment, murmura-t-il en caressant le visage de la jeune fille. Et ce, en toute légalité ! C'est là que les choses se compliquent pour vous. Vous trois, déclara-t-il en désignant Betty, Abigail et Ezra, je ne peux rien contre vous. Il aurait fallu vous attraper dans votre village, ce que cet imbécile de Patton n'a pas été capable de faire ! Quant à toi, Joshua, tu n'as rien à voir avec cette histoire, mais je pourrais te punir pour l'exemple. Sauf que cela rendrait le procès plus long encore. Non ! Je veux une justice immédiate. Et pour cela, j'ai la proie parfaite : Sam Redd, parti prêter main-forte aux inquisiteurs de Salem avant de les trahir et de déserter. Et pour la peine, tu paieras aussi pour ton père !

Les cinq amis restèrent bouche bée.

— Allons-y ! lança l'homme à ses acolytes.

Aussitôt, l'inquisiteur qui tenait Ed s'éloigna avec celui-ci. Les bandits relâchèrent les autres prisonniers avant de partir. Ezra et Joshua se précipitèrent à leur suite. L'homme en noir se retourna immédiatement et pointa sur eux un pistolet. Cela stoppa net les deux poursuivants.

— Si l'un de vous tente quelque chose de stupide, la première balle sera pour lui. Et la deuxième pour le jeune Redd. Je n'aurai aucun mal à maquiller le tout en règlement de comptes. Alors, restez où vous êtes et quittez la ville dès que possible ! C'est un conseil avisé que je vous donne là.

Ezra et Joshua n'eurent donc d'autre choix que de laisser les inquisiteurs emmener Ed qui se débattait comme un diable.

— Qu'est-ce qu'on va faire ? gémit Betty.

— Quelle bande de... gronda Joshua. Ne vous inquiétez pas ! Allons vite retrouver Jack, il saura quoi faire !

— Et Ed ?

— Nous allons le sortir de là !

L'agréable torpeur de l'après-midi avait fait place à la lancinante angoisse de ce qui pouvait arriver à Ed. Ils se précipitèrent chez Jack, qui habitait une petite maison d'un étage en pierres grises dont les fenêtres donnaient sur la rivière. Joshua frappa avec force sur la porte et ne s'arrêta que lorsque le battant s'ouvrit sur son ami, étonné par ce vacarme.

— Eh bien, vous êtes si pressés de manger ? s'écria-t-il.

— Jack ! s'exclama Joshua. Nous avons besoin de ton aide. Ed a été enlevé !

— Enlevé ? Mais par qui ?

— Des inquisiteurs, répondit Ezra. Ils étaient six.

— Qu'ont-ils dit ?

— Qu'Ed devait payer pour la dissolution de l'inquisition !

— Alors ils l'ont emmené au tribunal. J'y vais tout de suite !

Il sortit et tous se dirigèrent vers le centre-ville au pas de course. Devant le tribunal, Jack se retourna vers ses compagnons.

— Allez vous cacher. S'ils vous reconnaissent, vous êtes fichus. Je m'occupe de tout.

Betty rechigna. Elle voulait accompagner Jack.

— Je viens avec toi. Je peux me rendre invisible !

Jack éclata de rire.

— Ne dis pas de bêtises ! C'est impossible !

— Je peux aussi me rendre invisible, dit Ezra.

Lui et Betty disparurent aussitôt.

— Vous êtes des sorciers ? demanda Jack à Abigail.

Celle-ci hocha la tête.

— Mais pourquoi n'avez-vous pas utilisé vos pouvoirs pour aider Ed ?

— Ils ont dit qu'ils le tueraient, déclara Betty qui venait de réapparaître.

— Et nous ne les avons pas vus arriver ! renchérit Ezra.

Jack resta silencieux un moment.

— Très bien. Venez avec moi ! Mais soyez plus discrets qu'un courant d'air !

— Compte sur nous !

La mort dans l'âme, Abigail et Joshua allèrent se cacher un peu plus loin. La nuit était noire maintenant et plus personne ne traînait dans les rues.

— Que sais-tu faire ? s'enquit Joshua pour détendre l'atmosphère.

— Je sais faire pousser des plantes, faire apparaître du feu, faire jaillir l'eau de la terre. Je peux attraper des objets qui sont loin. Ce genre de choses… Ah oui ! Je sais voler aussi !

Joshua ne cacha pas son admiration. Il voulut aussitôt une démonstration. Abigail refusa. La rue dans laquelle ils s'étaient cachés avait tout l'air d'être résidentielle. Elle ne voulait pas se faire remarquer.

La jeune femme brisa le silence.

— Mais qu'est-ce qu'ils font ? soupira-t-elle.

— Ne t'inquiète pas ! Raconte-moi un peu. Tu aimes lire ?

— Beaucoup, oui. Mon oncle a… avait une très grande bibliothèque. J'ai dévoré une grosse partie des livres qu'elle contenait. Malheureusement, le manoir a disparu dans un incendie.

— Bah ! Le monde regorge de milliers de bouquins, tu n'en manqueras jamais.

— Ezra m'a proposé d'ouvrir une bibliothèque à Salem. J'avoue que l'idée me séduit. Et toi ? Où vont te conduire tes études ?

— Eh bien, à l'enseignement sans doute. Et à des métiers s'exerçant dans des bibliothèques aussi, des librairies, des musées. Mais j'aimerais vraiment être professeur.

— À Boston ?

— Ou ailleurs ! Je ne suis pas difficile !

— Nous en aurions bien besoin à Salem…

Joshua sourit.

— C'est une idée. De toute façon, il me reste encore trois ans à étudier avant d'avoir mon diplôme.

Le silence s'installa à nouveau. Puis Joshua murmura :

— Abigail ?

— Oui ?

— Que s'est-il réellement passé à Salem ?

L'air triste, Abigail regarda Joshua.

— Tu n'es absolument pas obligée d'en parler. Je veux dire… je sais que vous êtes du bon côté. J'aimerais juste comprendre.

— Je sais. Ce n'est pas très compliqué, en fait. Je crois que nous nous sommes tous laissés dépasser par les événements. Mon oncle avait engagé une gouvernante pour nous éduquer, ma cousine et moi. Elle devait nous apprendre à devenir des jeunes femmes accomplies. Tituba venait de la Barbade. Il y avait quelque chose d'étrange en elle ; nous nous en sommes aperçues rapidement, Betty et moi. Mais au lieu d'en parler aux gens de notre entourage, nous l'avons guettée. Nous avons découvert qu'elle était une sorcière. Tout a commencé là. Betty et moi étions partagées entre la fascination et la crainte. Tituba nous a proposé de nous transformer et nous avons accepté. Je ne sais pas comment elle a fait, mais Tituba a découvert d'autres sorcières dans le village. De fil en aiguille, une rumeur a dû naître, et elle a fini par dépasser les frontières de Salem. Les inquisiteurs sont arrivés et une lutte sans merci a commencé entre eux et les sorcières. Je passe sur les détails, mais Ezra a failli mourir, Tituba nous a trahis, mon oncle est mort ainsi que de nombreux amis. Ce fut une très sombre période. Nous devons à tout prix retrouver Tituba pour la rendre inoffensive.

— D'où l'utilité des pierres, remarqua Joshua, songeur. Ça n'a pas dû être facile pour toi et Ezra !

— C'est le moins que l'on puisse dire. Mais tout ça est derrière nous maintenant. Nous aurons bientôt une maison, et il y a une petite fille qui nous attend là-bas.

— Oh, j'ignorais que…

— Oh non ! Ce n'est pas notre fille ! Ses parents ont été tués par Patton, le chef des inquisiteurs. Nous avons recueilli Emma car elle est seule. Elle est promise à un grand avenir. Cette enfant sera, dans quelques années, la sorcière la plus puissante que le monde ait connue depuis bien longtemps !

Impressionné, Joshua écoutait avidement Abigail.

— Incroyable ! s'exclama-t-il.

Le silence revint. Joshua se mit à faire les cent pas tandis qu'Abigail ne quittait pas des yeux la porte du tribunal.

— Quand vont-ils sortir ? s'impatienta-t-elle.

Au même moment, la porte s'ouvrit et Jack sortit. Abigail voulut se précipiter vers le jeune homme, mais l'étudiant la retint.

— Il vaut mieux que nous restions cachés, murmura-t-il.

Jack repéra Abigail et Joshua et se dirigea vers eux. À l'abri des regards, Betty et Ezra réapparurent.

— Alors ? demanda Abigail avec angoisse.

— Ed passera en jugement demain. Ils viennent de lui faire un procès éclair devant Grenwyd. C'est l'homme qui a repris les dossiers de son père. De vieux ennemis.

— Vous avez pu assister au procès ? demanda Joshua.

— Oui.

— Et... ?

— Dès la première heure demain, Ed aura sa sentence. Mais j'ai laissé traîner mes oreilles et ce que j'ai entendu est très clair : Ed doit être un exemple. Il sera condamné à mort.

Betty gémit. Abigail prit la main de sa cousine.

— Nous allons le sortir de là, déclara Ezra. J'ai observé attentivement la salle. La surveillance des portes est relâchée. Je ne pense pas qu'il y aura beaucoup de monde au procès. Comme les Redd sont assez connus à Boston, les inquisiteurs et leurs complices essayeront de faire ça discrètement, de ne pas faire de vagues. Il faudra agir vite et bien.

— À quoi penses-tu ? s'informa Abigail.

— À faire apparaître une brume épaisse dans le tribunal.

— Je dois y aller aussi ! Toi et Betty n'y arriverez pas seuls ! Et Jack ne peut pas tout risquer. Personne ne doit savoir que lui et Joshua sont mêlés à ça.

— Je crois que c'est trop tard, dit le notaire.

— Non ! s'exclama Joshua. Tu assistes souvent à des procès, ils ne feront pas la différence. Mais Abigail a raison. Ni toi ni moi ne devons nous trouver au tribunal demain. Ou alors il nous faudra quitter la ville immédiatement après le procès. Je n'ai rien contre cette idée, mais il me faudrait un peu de temps…

— Je peux vous dénicher des costumes d'avocat, dit Jack. Avec ça, vous passerez inaperçus !

— Bonne idée ! s'écria Abigail. Et nous le tirerons de là tous les trois !

Ezra afficha une moue dubitative.

— J'aurais préféré être invisible.

Quand Abigail le fusilla du regard, il leva les mains en signe de reddition.

— Nous n'avons plus rien à faire ici, dit Jack. Nous ne pouvons rien pour Ed ce soir, ajouta-t-il pour Betty qui n'avait pas quitté le tribunal des yeux.

— Il ne lui arrivera rien, promit Ezra.

— Allons souper, proposa Jack.

Mais le cœur n'y était pas et, sur le chemin du retour, les cinq amis ne dirent pas un mot. Chez Jack, ils grignotèrent du bout des lèvres. Joshua et Jack essayèrent de détendre l'atmosphère en se remémorant leurs années à l'orphelinat. Ezra se joignit à eux et tous les trois commencèrent à narrer des histoires. Ezra était un excellent orateur, et lui et ses deux complices racontaient un récit après l'autre. Bientôt, Abigail et Betty se laissèrent transporter à l'époque où les cinq garçons faisaient les quatre cents coups.

Quand minuit sonna, Jack proposa à ses invités de rester à dormir. Le trajet jusqu'à la maison des Redd était long et personne n'avait envie de traverser la ville maintenant. Il laissa son lit à Ezra et Abigail qui s'évertuèrent à refuser, mais rien n'y fit. Jack installa Betty dans son bureau où un vieux et moelleux canapé trônait. Il alla chercher des couvertures et des draps pour tout le monde et les distribua. Joshua et lui dormiraient dans la pièce principale, sur le sol. Au moment où les deux amis s'installaient, une petite voix leur fit lever la tête. Dans l'encadrement de la porte se tenait Betty.

— Il y a de la place pour trois dans le bureau, dit-elle. Vous ne voulez pas dormir avec moi ? Je n'ai pas très envie d'être seule…

Les deux jeunes hommes acceptèrent aussitôt et déplacèrent leurs lits de camp dans l'autre pièce. Betty se réinstalla sur le canapé et attendit que les garçons s'allongent.

— Et si vous me racontiez une autre histoire ? dit-elle. Une qui ne vous est pas arrivée.

Le silence se fit puis la voix grave de Joshua s'éleva dans la nuit.

— Cette histoire relate les aventures d'une jeune fille qui volait et d'une autre qui pouvait se rendre invisible. Cette histoire relate le destin exceptionnel de ces jeunes filles et de leurs amis. Une nuit...

Et il raconta. Quelques minutes plus tard, ils entendirent le souffle régulier de Betty. Jack se tourna vers Joshua.

— Bien joué, mon vieux !

Joshua lui répondit par un clin d'œil.

— Dormons ! conseilla Jack. Nous avons du travail demain !

— Et pas que demain ! chuchota Joshua. Une fois qu'Ed sera tiré d'affaire, nous devrons les aider à retrouver Harvey.

— La pierre ! s'écria Jack.

— Chut !

— Pardon ! Mais je viens de me rappeler que je n'ai même pas cherché ma pierre. Ezra m'en a parlé pourtant. Il faut que je la trouve.

— Ça peut attendre demain, non ?

— Je ne dormirai pas tant qu'elle ne sera pas dans ma main !

— Tu vas réveiller tout le monde.

— Je crois savoir où elle est.

Jack se leva en silence et se dirigea vers son bureau. Un rayon de lune éclairait la pièce et Joshua put observer son ami. Celui-ci ouvrit le tiroir gauche du meuble et en sortit une boîte qu'il ouvrit avec une clé pendue à son cou. Il fouilla au milieu d'un tas de lettres et de quelques babioles en bois.

— C'est ton coffre aux trésors ? se moqua Joshua.

Jack ne répondit pas et continua à chercher. Il se releva peu après, triomphant.

— Je l'ai !

— Il n'en manque plus qu'une, alors !

— Je ne me souviens plus dans quelles circonstances nous avons trouvé ces pierres à l'époque. Et toi ?

— Moi non plus. Allez, viens dormir ! Je n'ai plus d'idées pour une nouvelle histoire.

— Tu devrais écrire, Jos.

— Je sais, vous me l'avez toujours dit.

— Alors qu'est-ce que tu attends ?

— La révélation, évidemment !

Tous deux étouffèrent un rire dans le silence de la nuit.

7

La nuit fut agitée pour Betty. Quand les rayons du soleil pointèrent à travers la fenêtre, elle se leva. Elle se tournait et se retournait sur le canapé depuis des heures déjà, mais n'avait pas osé réveiller les garçons tant qu'il faisait noir dehors.

— Debout ! claironna-t-elle.

Un concert de grognements lui répondit.

— Betty, il est seulement six heures ! gémit Jack. Le procès d'Ed ne commencera pas avant neuf heures.

— Alors nous avons juste le temps de nous préparer et de manger quelque chose avant de partir. Je vais réveiller Abigail et Ezra.

Joshua s'assit dans son lit de fortune en se frottant les yeux.

— Je n'ai pas choisi d'aller à l'université pour rien, grommela-t-il. Aucun de mes cours ne commence jamais avant onze heures.

Jack s'esclaffa avant de s'étirer longuement. Il se leva enfin et se dirigea vers la cuisine pour faire du café et préparer le petit-déjeuner de tout le monde. Le ciel était encore pâle avec quelques traces de nuages rosés.

Il se surprit à apprécier le calme qui régnait aussi tôt. Ses amis arrivèrent dans la cuisine; leurs visages portaient encore des marques de sommeil. Seule Betty avait l'air en forme. Ils s'installèrent et commencèrent à manger en silence. Betty ne tenait pas en place. Sitôt sa tasse de café terminée, elle pressa ses compagnons d'aller se préparer. Ils firent une toilette de chat.

Quand ils mirent le pied dehors, les rues étaient désertes. Il n'y avait pas un bruit. Ils marchèrent un moment sans parler.

— Vous croyez qu'on va réussir à sortir Ed de là? finit par demander Betty, la voix nouée par l'angoisse.

— Mais oui! Ne t'inquiète pas! répondit Ezra. Personne n'aura le temps de réagir. Ça ne prendra que quelques minutes.

— Mais si ça ne marche pas?

— Ça va marcher!

— Oui mais si nous n'y arrivons pas? cria-t-elle.

Ezra se tut.

— Alors nous continuerons jusqu'à ce qu'on puisse le ramener! affirma Abigail.

— Ils le tueront, murmura Betty.

— Ça n'arrivera pas, assura Ezra, en serrant l'épaule de la jeune fille. Je te le jure.

Betty hocha la tête et redressa les épaules. Le tribunal n'était plus très loin. Quelques rues avant d'arriver devant l'édifice, Ezra se tourna vers Jack et Joshua.

— Vous ne devriez pas rester avec nous, au cas où les choses dégénéreraient. Donnons-nous un lieu de rendez-vous.

— Venez dans ma chambre, à l'université, proposa Joshua. Vous pourrez y rester cachés jusqu'à votre départ de Boston.

— Ou chez moi, proposa Jack.

— C'est un peu risqué chez toi, Jack, dit Ezra. Si nous sommes recherchés, il vaut mieux pour toi qu'on ne soit pas à tes côtés.

Jack en convint. Ils se donnèrent donc rendez-vous une heure après le début du procès chez Joshua.

— Bonne chance ! souhaita Jack à ses amis.

Puis lui et Joshua partirent de leur côté.

Ezra, Betty et Abigail sortirent du sac qu'ils avaient apporté les habits d'avocat que Jack leur avait dénichés. Ils s'en vêtirent sous un porche. Quand ils eurent fini de s'habiller, ils se regardèrent les uns les autres. Ezra inspira un grand coup.

— Vous êtes prêtes ?

Les deux filles hochèrent la tête.

— Alors, c'est parti ! Une fois dans le tribunal, suivez mes instructions à la lettre. Même si vous avez l'impression que je n'ai pas la situation en main, ajouta-t-il à l'intention de Betty. C'est compris ?

— Très bien, confirma Abigail.

Il regarda Betty et attendit qu'elle acquiesce.

— Oui, ça va ! Ne t'inquiète pas !

Ils se dirigèrent vers l'entrée du tribunal. Ezra poussa la porte de l'édifice. Dans les couloirs, des dizaines de personnes portant une tenue similaire à celle des trois sorciers se pressaient vers la grande salle du fond.

— Oh mon Dieu, souffla Abigail. Est-ce qu'ils ont réquisitionné la totalité des avocats de la ville juste pour ce procès ?

— Il faut croire que oui, gronda amèrement Ezra. Suivons-les. Faites attention de ne pas vous faire remarquer.

Ils baissèrent un peu la tête et se faufilèrent dans la marée d'avocats, passant incognito avec leurs longues perruques blanches et leurs toges noires à jabot blanc. Ed n'était pas encore arrivé. Ezra, Abigail et Betty s'installèrent à côté d'une femme ridée qui tourna vers eux un visage rayonnant.

— Quel plaisir de retrouver tous ses collègues pour envoyer au trou de la vermine, n'est-ce pas ?

Discrètement, Ezra posa sa main sur l'avant-bras de Betty qu'il sentait prête à bondir. Il hocha la tête en direction de la femme, lui accorda un léger sourire et reporta son attention sur la salle. Ed apparaîtrait par la porte de droite, derrière le bureau du juge. Les jurés seraient placés de chaque côté du bureau. Si tout se déroulait comme la veille, on ferait asseoir Ed à la table des prévenus, qui se trouvait à la gauche d'Ezra. Seulement quelques pieds sépareraient les deux amis. Satisfait, il adressa un clin d'œil réconfortant à Abigail et à

Betty et il attendit. Les gens entraient dans la salle au compte-gouttes et il sentait Betty s'impatienter. Quand le juge fit irruption dans la salle, Ezra soupira de soulagement. Tout allait enfin commencer. Les avocats firent silence et Ed entra, encadré par deux gardes. Ceux-ci installèrent le prévenu à sa place et se postèrent derrière lui. Ed avait le visage tiré, de grands cernes sombres sous les yeux et l'air abattu. La nuit n'avait pas dû être de tout repos. Il n'avait sans doute pas dormi. Ezra essaya d'attirer son attention, mais son ami gardait les yeux obstinément baissés.

— Que l'accusé se lève ! tonitrua le juge.

Ed ne réagit pas. Les deux gardes l'empoignèrent sous les bras et le mirent sur ses pieds.

— Les charges !

— Sam Redd, ici présent, est accusé de désertion, de complicité dans la rébellion qui a entraîné la fin de l'inquisition et d'homicide sur la personne de nombreux hommes fidèles à notre cause, dont le chef de l'inquisition au village de Salem, sir Patton.

— Il a tué mon père, gronda Ed sans presque desserrer les dents.

— L'accusé ne semble pas capable de respecter les règles de ce tribunal, grinça le juge. Vous pourrez donc ajouter à ses méfaits : outrage à la Cour. Très bien ! ajouta-t-il. Est-ce que l'avocat de la défense a quelque chose à dire pour son client ?

Personne ne se manifesta.

— Eh bien ! s'impatienta le juge.

— C'est-à-dire, Monsieur le juge, commença un avocat, que le prévenu a refusé toute défense, prétextant, et je cite, que « tous les hommes de loi de ce tribunal sont des traîtres et que son père aurait honte d'être rattaché à eux ».

Le juge esquissa un mauvais sourire. Puis il s'adressa à Ed :

— Ton père, mon jeune ami, était le véritable traître. Tu suis le même chemin que lui et il te mènera au même endroit : à la mort. Je demande la délibération du jury. Vous avez cinq minutes !

Il se leva brusquement et sortit. On fit également sortir le prisonnier. Les avocats de la Cour commencèrent à se tourner les uns vers les autres pour débattre de la meilleure sentence à réclamer pour Ed.

La vieille dame assise près d'Ezra et des filles dit :

— Ce garçon est une honte pour ce que nous essayons de construire pour notre société ! Il mérite le pire des châtiments. Il se doit d'être un exemple pour tous ceux qui souhaiteraient s'engager avec ces sorcières !

Elle cracha le dernier mot. Betty et Abigail la fixaient, l'air stupéfait. Ezra s'empressa de se pencher vers sa voisine pour les masquer.

— Vous avez tout à fait raison, dit-il. Ce jeune homme doit payer pour sa trahison.

La vieille femme le dévisagea avant de lui offrir un sourire de contentement.

Quelques minutes plus tard, le juge revint dans la salle. Le silence se fit.

— Faites entrer le prévenu !

Ed marchait à peine ; il était davantage traîné par ses gardes. On installa le prévenu à sa table, pieds et mains menottés.

— Tenez-vous prêtes, chuchota Ezra.

— Quelle est la décision du jury ? demanda le juge.

— Monsieur le juge, déclara le président du jury, nous avons délibéré et nous nous sommes mis d'accord sur un châtiment. L'accusé est une menace pour tous. Pour cela, nous requérons contre lui la peine maximale : la mort par pendaison.

— Maintenant ! ordonna Ezra.

Aussitôt, une épaisse brume sombre s'échappa de sous le banc des jurés et se propagea à une vitesse folle dans la salle. La panique gagna rapidement l'ensemble des personnes présentes dans le tribunal. Tout le monde se mit à hurler. Abigail et Betty en profitèrent pour se faufiler vers la table de l'accusé. Mais la brume devenait de plus en plus dense et, très vite, elles ne virent plus rien. Abigail sursauta quand elle entendit résonner dans sa tête la voix d'Ezra. « Continue tout droit, il n'est qu'à quelques pas. » Elle attrapa sa cousine par le bras et se dirigea d'un pas sûr vers Ed. Elle ne l'aperçut que lorsqu'elle tomba nez à nez sur lui. Ed se trouvait encore dans un état de torpeur. Mais quand il vit les deux filles, une étincelle s'alluma dans son regard. Sans un mot, il sourit à Abigail et ouvrit grand les bras à Betty qui s'y réfugia. Ils s'embrassèrent fougueusement. Ezra mit un terme à l'étreinte et dirigea le groupe vers la sortie. Les avocats tournaient en rond sans savoir où aller et personne n'avait encore eu l'idée d'ouvrir une fenêtre ou une porte. Les amis se faufilèrent par une ouverture et se précipitèrent dans le couloir. Quelques personnes, qui vaquaient à leurs occupations, ne firent pas attention à eux. Quand Ezra posa la main sur la porte du bâtiment, une voix retentit :

— Ne les laissez pas s'échapper !

Ezra et ses acolytes se retournèrent. Le juge les montrait du doigt. Mais personne n'avait encore réagi.

— C'est Grenwyd, gronda Ed.

Et avant que quiconque ne puisse le retenir, le jeune homme rebroussa chemin au pas de course et fonça droit sur le grand homme sec qui regardait nerveusement autour de lui. Dans son élan, Ed leva le poing très haut et l'abattit avec force sur le nez de Grenwyd qui s'écroula sur le sol. Ed grimaça et massa quelques secondes ses phalanges maltraitées, puis il rejoignit ses amis. Tous s'engouffrèrent par la porte. Une fois dehors, ils coururent dans les rues de Boston qui s'éveillait.

— Où allons-nous ? demanda Ed.

— Chez Joshua. Il va falloir quitter la ville aujourd'hui, répondit Ezra.

•

Jack et Joshua attendaient leurs compagnons à l'entrée de l'université en faisant les cent pas. Quand ils les virent arriver, ils coururent les rejoindre.

— On commençait à s'inquiéter ! s'exclama Joshua. Tout s'est bien passé ?

— Aucun souci ! déclara Betty, rayonnante.

— Vous devriez vous changer avant de vous faire remarquer.

Ezra et les deux filles se débarrassèrent de leurs toges et de leurs perruques qu'ils roulèrent en boule dans leur sac. Joshua les mena jusqu'à sa chambre.

— Nous vous avons rapporté toutes vos affaires, déclara Jack. Il me semble que vous devriez partir le plus tôt possible.

— C'est ce que nous allons faire ! confirma Ezra. Il nous faut juste décider où nous irons le temps de nous faire oublier.

— Nous ne savons toujours pas où se trouve Harvey, fit remarquer Betty.

— Je sais. Mais il nous faut trouver un endroit calme pour y réfléchir tranquillement.

Le temps se figea soudainement dans la pièce. Jack et Joshua se pétrifièrent, le regard fixe.

— Qu'est-ce que... ? souffla Ezra.

Au fond de la petite chambre, une silhouette encapuchonnée apparut. Betty sauta sur ses pieds.

— Maman ! s'écria-t-elle.

— Bonjour, ma fille.

— Bonjour, Rose, dit Ezra en se levant.

Rose salua à tour de rôle les amis de Betty. Son regard s'attarda ensuite sur Ed. Elle esquissa un sourire.

— Je ne savais pas ce que vous aviez dit à vos compagnons alors j'ai préféré être prudente. Ils ne se souviendront de rien.

— Mais Jack et Joshua sont au courant, protesta Ezra. Ils nous ont beaucoup aidés. Ce ne serait pas juste de les laisser de côté.

Rose fixa Ezra avec bienveillance, puis elle acquiesça.

— Tu as sans doute raison.

Aussitôt, Jack et Joshua reprirent conscience. Ils regardèrent autour d'eux. Quand ils aperçurent l'inconnue, ils sursautèrent.

— C'est ma mère ! s'empressa de dire Betty. Elle vient nous aider. Du moins, je suppose... ajouta-t-elle à l'intention de Rose.

Bouche bée, Jack et Joshua restèrent silencieux. Finalement, Joshua brisa le silence.

— Vous êtes une... une sorcière aussi ? demanda-t-il.

— Je suis un être à part, expliqua Rose d'une voix douce. Ni vivante ni morte, je navigue entre deux mondes.

— Mais vous savez faire de la magie ? insista l'étudiant.

— Je sais faire des choses qui vous feraient frémir ! N'oubliez jamais qu'il est des êtres issus du plus profond des âges incapables de maîtriser leur puissance, leurs pouvoirs.

Joshua ne quittait pas Rose des yeux ; il buvait ses paroles.

— Je suis de ceux-là. Méfiez-vous de moi, toujours.

— Maman exagère un peu, rit Betty.

— Ma fille, c'est valable pour toi aussi ! gronda Rose. Le fait que j'aie été enfermée dans un grimoire n'a pas tari ma puissance. Je suis la seule de mon monde et du vôtre à pouvoir naviguer au gré de mes envies entre les univers. Cela fait de moi une alliée de choix, mais je peux aussi devenir votre pire ennemie, un cauchemar dont vous ne vous déferiez jamais !

La voix de Rose était froide, caverneuse. Incrédule, Betty observa sa mère.

— Mais…

— Mais évidemment, ton père veille sur toi, toujours, ajouta Rose avec un petit rire. Alors tant qu'il vivra son éternité à mes côtés, tu n'auras rien à craindre.

Ezra et Abigail se regardèrent, gênés. Décidément, la mère de Betty était quelqu'un d'étrange.

— Es-tu venue pour nous aider ? demanda finalement Betty pour détendre l'atmosphère. Après avoir sorti Ed des griffes des inquisiteurs, j'avoue que nous aurions bien besoin de savoir quoi faire maintenant.

— Vous n'êtes pas encore arrivés à la dernière étape de votre quête, mais je me dois de vous aider un peu. Il vous reste encore une pierre à trouver. Pour cela, vous devez chercher ce jeune homme, Harvey.

— Nous le savons. Mais nous n'avons aucune idée de l'endroit où il se trouve.

— Je l'ai cherché pendant des jours dans les méandres de votre monde et je l'ai enfin localisé.

— Où ? s'exclama Ezra.

— Il vous faudra faire un long voyage, plus long que ceux que vous avez faits jusqu'à présent. Là-bas, ce ne sera pas facile. Il vous faudra être forts. Ce jeune homme ne veut pas être retrouvé et il y a en lui une rancœur tenace. Je ne sais si elle est dirigée contre vous, mais elle le ronge, et un homme aigri est dangereux car il n'a rien à perdre.

— Maman ! s'énerva Betty. Nous devons partir très vite. Dis-nous où est Harvey !

— Tu es toujours si impatiente !

— Et toi, tu ne sais pas dire les choses simplement !

— Ne me parle pas sur ce ton, jeune fille !

— Nous avons tous eu notre lot d'émotions pour le reste de nos vies ! hurla Betty. Nous avons fait face à des choses que nous n'imaginions pas, nous avons tué, lutté pour nos vies, et nous avons fait ça tout seuls ! Alors ne nous complique pas les choses !

Rose regarda tristement sa fille.

— Ton père et moi n'avons pas été assez présents pour toi, commença Rose. Nous n'avons pas…

— Je ne veux pas parler de ça maintenant ! l'interrompit Betty, butée. Dis-nous où est Harvey, que nous en finissions avec cette histoire !

— Il se trouve à l'Université d'Oxford.

— Où est-ce ? demanda Ezra.

— En Angleterre.

8

Après sa journée à l'université, Joshua les avait presque suppliés le soir venu de passer la nuit dans sa chambre pour se reposer avant le long voyage qui les attendait. Après beaucoup de récriminations, Ezra avait finalement flanché en arrachant la promesse aux filles qu'ils partiraient le lendemain avant l'aube.

La chambre de Joshua étant minuscule, ils avaient poussé le peu de meubles qu'elle contenait contre les murs et avaient posé sur le sol un tas de couvertures. Pour parfaire ce grand lit de fortune, Joshua avait réclamé à ses voisins de palier quelques coussins qu'il avait obtenus sans problème. Épuisés, ils s'endormirent tous rapidement, sauf Betty et Ed qui ne s'étaient pas encore retrouvés seuls.

— J'ai eu si peur, chuchota Betty, blottie contre son amoureux.

— Ezra serait capable de faire tourner la terre dans l'autre sens s'il le fallait.

— Que va-t-on faire ?

— Quitter Boston avec Abigail et Ezra, retrouver Harvey et…

— Je veux dire après !

— Après ? Nous devrons aller vivre ailleurs.

— Tu ne peux plus mettre les pieds chez toi ?

— La maison doit être surveillée.

Ed se tourna pour faire face à Betty. Il prit le visage de sa bien-aimée entre ses mains et l'embrassa. Sa main caressa doucement la nuque de la jeune fille tandis qu'elle se pressait contre lui.

— Tu aimerais vivre à Salem, n'est-ce pas ? souffla Ed.

— Moi oui, mais toi ?

— Je crois que j'aimerais aussi.

— Ce serait merveilleux ! s'exclama Betty.

Il posa rapidement sa main sur la bouche de la jeune fille.

— Chut ! Tu vas réveiller tout le monde !

Betty rit doucement. Ed resserra son étreinte et tous deux restèrent silencieux jusqu'à ce que le sommeil les emporte. Les rêves de Betty furent peuplés de belles images de Salem, de repas avec Ezra et Abigail, d'une vie remplie de simplicité et de bonheur. Elle espérait qu'Ed ne changerait pas d'avis et que ce voyage s'achèverait bientôt pour pouvoir enfin goûter au repos tant mérité.

À l'aube, ils furent secoués par Ezra qui se tenait au-dessus d'eux, un sac sur l'épaule.

— J'ai préparé nos affaires, nous devons partir, chuchota-t-il.

— Et tu ne veux pas réveiller Jack et Joshua ? s'étonna Ed. On ne va pas partir comme des voleurs !

Ezra se retourna et fixa les deux jeunes hommes. Il sentit peser sur lui le regard désapprobateur d'Ed et de Betty. Il flancha.

— Très bien !

Il se pencha et secoua Jack et Joshua. Ceux-ci se réveillèrent en râlant. Mais en voyant que leurs amis s'apprêtaient à partir, ils se levèrent aussitôt.

— Vous n'avez pas le temps pour un café ? demanda Joshua.

— Non, répondit Ezra. Nous devons partir.

Jack et Joshua affichèrent une moue déçue. Ed les prit par l'épaule.

— On se reverra très vite, peut-être même avec Harvey. Tous les cinq, comme au bon vieux temps, si ça se trouve. Et puis, vous pourrez venir nous voir à Salem !

— Parce que vous comptez vous installer à Salem ? demanda Ezra, surpris.

Ed et Betty échangèrent un regard complice.

— Disons que c'est une idée qui pourrait bien se concrétiser...

— Ce serait fabuleux ! s'exclama Abigail.

— On en reparlera plus tard ! s'impatienta Ezra. Jack, Joshua, merci pour votre aide, pour les pierres, pour... pour tout !

Les quatre garçons se tombèrent dans les bras tandis que les filles les regardaient, attendries. Les effusions terminées, Ezra se dirigea vers la porte. Ed, Betty et Abigail le suivirent. Dans le couloir, ils se retournèrent une dernière fois pour faire un signe de la main à Jack et Joshua. Ces derniers rentrèrent dans la chambre en soupirant après avoir vu leurs amis disparaître à l'angle du couloir.

Dehors, Ezra maintint une allure rapide que les autres eurent bientôt du mal à suivre.

— Mon vieux, protesta Ed, attends un peu ! Nous avons un océan à traverser. Nous ne sommes pas à cinq minutes près !

— Je veux en finir le plus vite possible.

— Ce n'est pas en nous épuisant que tu y arriveras, fit remarquer Betty.

— Nous aurons tout le temps de nous reposer sur le bateau, dit Abigail.

Ezra stoppa net.

— Le bateau ? Quel bateau ?

— Comment comptes-tu traverser l'océan ? railla Ed. À la nage ?

— Le bateau mettra des semaines pour atteindre l'Angleterre. En plus, nous n'avons pas de quoi nous payer un billet. Non, nous nous rendrons de l'autre côté par nos propres moyens.

— Comment ?

— En volant !

— Je me doutais que tu allais dire ça, répliqua Betty. Je ne sais pas si tu as remarqué, mais il n'y a que toi et Abigail qui êtes capables de voler !

— Je le sais, répondit Ezra sans ralentir son rythme.

— Et bien quoi ?

— Alors nous vous porterons ! s'emporta le jeune homme.

— C'est de la folie ! souffla Abigail.

— Assez discuté ! gronda Ezra. Il nous faut trouver un endroit à l'abri.

— Mais que vont dire les gens s'ils nous voient dans les airs ? s'inquiéta Betty.

— C'est là que tu interviens. Tu nous rendras invisibles jusqu'à ce qu'on soit sortis des terres. Au-dessus de l'océan, il n'y aura rien à craindre.

— Tu penses que la traversée prendra combien de temps ?

— Quelques… heures, hésita Ezra.

— Tu es conscient que si tu perds toute ton énergie nous sombrerons dans des eaux glacées ?

— Tout à fait.

— Dans ce cas, tout va bien ! conclut Betty.

Ils s'éloignèrent du centre-ville en direction du port de Boston. Abigail et Betty fermaient la marche, parlant de leur future vie à Salem. Ed et Ezra se tenaient côte à côte, cheminant en silence dans le petit matin. Ed jetait des coups d'œil partout, pressentant qu'il ne reverrait pas cette ville avant longtemps. La tristesse lui serrait le cœur. Cette ville, c'était toute sa vie. Il y était sans doute né, y avait grandi, y avait fait ses études. C'est ici qu'il avait connu une famille qui l'avait accueilli et élevé avec amour. Quitter Boston le déchirait. Mais en regardant en arrière il surprit Betty qui riait. Elle était une promesse qu'ailleurs aussi il y avait de belles choses. Et l'idée de vivre près d'Ezra le séduisait beaucoup. Bien sûr, Salem lui rappellerait de mauvais souvenirs, mais il n'en tenait qu'à lui et à Betty d'en construire de nouveaux.

Ils arrivèrent au port quand le soleil jetait ses premiers rayons. Sur les quais, il n'y avait que quelques marins errant après une nuit de soûlerie.

— Nous pourrions emprunter un bateau, proposa Betty.

— Personne ne saurait le conduire si nous tombions sur une tempête, et encore moins trouver la direction à prendre, dit Ezra.

Ayant repéré un endroit à l'abri des regards, le sorcier entraîna ses amis entre deux énormes caisses en bois.

— À quoi peuvent-elles bien servir ? demanda Betty.

— À l'expédition de marchandises sans doute, supposa Ed.

Ezra mit un terme à l'échange :

— Nous devons y aller. Alors, mettons-nous d'accord. Nous allons voyager côte à côte, et nous nous regrouperons en cas de fatigue. Ed, tu seras à ma droite, Betty, à ma gauche, et Abi, tu seras à la gauche de Betty. Cela me paraît être la meilleure solution. Qu'en pensez-vous ?

Les autres hochèrent la tête, même s'ils n'étaient pas véritablement convaincus.

— Betty, tu devras nous rendre invisibles jusqu'à ce qu'il n'y ait plus rien à craindre. Tu pourras faire ça ?

— Si ça ne dure pas trop longtemps, oui, je crois.

— Ezra, dit Abigail, tu ne penses pas que, toi et moi, nous devrions nous placer à chaque extrémité ?

— Non. Tu es moins forte que moi. Je supporterai donc la plus lourde charge. Nous y arriverons, tu verras !

Abigail ne discuta pas. Après tout, Ezra était beaucoup plus puissant qu'elle et l'idée de traverser cette immensité d'eau la terrorisait. Elle avait déjà vu sur les cartes de son oncle la taille de l'océan. À l'époque, elle pensait que c'était une barrière infranchissable. De nombreux bateaux avaient coulé avant d'atteindre les côtes anglaises. Aujourd'hui, elle s'apprêtait à traverser cette vaste étendue d'eau par la voie des airs en compagnie de ses amis. L'idée la faisait autant frémir d'angoisse que de fierté. Elle savait pertinemment qu'ils seraient les premiers dans toute l'histoire à accomplir ce prodige. S'ils arrivaient au bout…

— Vous êtes prêts ? demanda Ezra.

— Pas vraiment, mais il faut y aller, dit Betty.

— Mettez-vous en place !

Ils se placèrent comme le jeune sorcier le leur avait suggéré, s'accrochèrent les uns aux autres bras dessus, bras dessous. Ezra jeta un œil à Abigail qui hocha la tête.

— À trois, murmura-t-elle. Un… deux… trois !

Betty et Ed poussèrent un petit cri de surprise. Ils flottaient maintenant à quelques pouces du sol. Ezra lança à ses deux amis un petit sourire qui les rendit nerveux.

— Attention, ça va secouer ! s'écria-t-il.

Pliant légèrement les jambes, il se propulsa dans le vide. Le groupe fut projeté à une vitesse folle dans le ciel. Betty hurla sous la pression de l'air, tandis qu'Ed grimaçait, le visage fouetté de bourrasques de plus en plus froides. Abigail et Ezra étaient si concentrés que leurs yeux ne cillaient plus ; leur regard était fixé sur les cieux.

— Pourquoi vas-tu si vite ? hurla Ed pour couvrir le bruit du vent.

— Plus vite nous arriverons, moins nous risquerons de manquer d'énergie.

— Mais tu dois en consommer beaucoup plus à cette vitesse !

Ezra ne répondit pas. Les terres furent bientôt loin derrière eux, et Betty put relâcher son sort d'invisibilité avec soulagement. L'épreuve l'avait vidée de ses forces. Elle se demandait si sa cousine parviendrait à tenir le coup. Elle lui jeta un regard. Abigail était pâle comme la mort. De grosses gouttes de sueur perlaient sur son front plissé et ses mains ainsi que ses bras se crispaient sous l'effort. Betty essaya de peser moins lourd sur l'avant-bras d'Abigail. Mais quand elle esquissa un mouvement, elle sentit sa cousine manquer de défaillir. Quand Abigail lui lança un regard courroucé, Betty rougit. Elle se tint tranquille. Ils voyagèrent ainsi, sans un mot, survolant des milles d'eau noire et glacée, torturée çà et là par de petites vaguelettes à crête blanche. À l'horizon, il n'y avait rien. Ni devant ni derrière. Quelques mouettes s'étaient aventurées loin des côtes et Betty perçut leurs cris. Un banc de poissons devait se tenir à portée de bec. Elle vit clairement une baleine jaillir des flots et retomber dans l'eau dans de gigantesques éclaboussements. En regardant autour d'elle, elle croisa le regard d'Ed. Il venait de voir la même chose qu'elle. Ils se gardèrent d'en parler à leurs amis pour ne pas les déconcentrer.

Plusieurs heures passèrent, qui parurent une éternité à Betty. Elle sentait qu'Abigail perdait de plus en plus ses forces. Ezra, lui, maintenait ses amis avec autant de puissance qu'au début, comme si ce vol n'avait aucun impact sur lui. Tous avaient le visage gelé à cause du vent violent, les lèvres gercées par les embruns marins. Betty sentait ses doigts s'engourdir, mais elle n'osait pas se frotter les mains de peur de faire flancher Abigail. Celle-ci relâcha sa concentration un instant, ce qui les fit tous plonger. Betty hurla en voyant l'eau noire se rapprocher d'elle. Ezra, au prix d'un énorme effort, parvint à les remonter et à les stabiliser. Ils restèrent immobiles un instant. Abigail respirait avec difficulté.

— Je n'en peux plus, murmura-t-elle. Pourquoi ne sommes-nous pas des sorcières comme celles des contes de fées ? Avec des balais ?

Elle sourit faiblement.

— Je suis désolée, je ne suis plus capable de tenir, dit-elle à Ezra.

— Je peux continuer tout seul, répondit-il. Repose-toi !

Betty sentit soudainement le poids d'Abigail sur son bras. Celle-ci ferma les yeux et Betty essaya tant bien que mal de la tenir fermement contre elle. Ezra avait ralenti sa course, car la charge était maintenant plus importante pour lui.

— La côte ! s'exclama Ed, faisant sursauter les filles. Je vois la côte ! On a réussi !

Ezra laissa échapper un soupir de soulagement. Puisant dans ses dernières réserves, il accéléra. Le vent fouetta plus fort encore le quatuor. La côte se rapprochait rapidement et Ezra suait à grosses gouttes malgré le froid ambiant.

— On y est presque ! l'encouragea Ed.

Ezra était en train de perdre de l'altitude. Abigail se redressa aux côtés de Betty et donna ce qui lui restait de force pour que ses amis et elle puissent parvenir jusqu'à la terre ferme. À quelques pieds de la plage, ils durent relever les jambes pour ne pas toucher l'eau. Ils s'écrasèrent sur le sable avec fracas et roulèrent dans un bel ensemble. Betty et Ed se relevèrent rapidement, mais Ezra et Abigail haletaient, allongés sur le dos.

— Je dois… je dois dormir un peu avant de repartir, murmura Ezra.

Il ferma les yeux et s'apaisa aussitôt. Paniqué, Ed se pencha sur la poitrine d'Ezra. Le cœur de celui-ci battait normalement. Quand Betty s'approcha d'Abigail, elle vit que sa cousine dormait aussi.

— Eh bien ! On peut dire qu'ils ne l'ont pas volée cette sieste !

— Allons explorer un peu les alentours, proposa Ed.

— Tu crois qu'on peut les laisser comme ça ?

— Il n'y a personne sur cette plage ! Nous ne partirons pas longtemps. Il faut que l'on sache où on a atterri.

Ils s'éloignèrent tous les deux en jetant régulièrement des coups d'œil à leurs amis endormis. La plage semblait sans fin et ils optèrent pour l'escalade d'une dune. Une fois arrivés en haut, ils découvrirent qu'aussi loin que leurs regards portaient il n'y avait que du sable.

— On se croirait dans un mauvais rêve, dit Betty. Rien d'autre que du sable à perte de vue !

— Il va falloir voler à nouveau, déclara Ed. Retournons près d'Abigail et d'Ezra et reposons-nous aussi.

— Il fait beaucoup plus froid dans ce pays qu'à Boston.

— Tu te rends compte que nous sommes en Angleterre ? C'est incroyable ! Il y a quelques heures à peine nous étions de l'autre côté de l'océan.

— Mais nous devons nous dépêcher de nous rendre à Oxford.

Main dans la main, ils allèrent retrouver leurs amis qui dormaient à poings fermés. Ils s'assirent à côté d'eux et restèrent silencieux.

— Tu ne trouves pas qu'il fait sombre ? demanda Betty au bout d'un moment.

— J'étais en train de me dire la même chose. Je ne comprends pas. On dirait que le soleil est en train de se coucher.

— C'est impossible ! Nous n'avons pas volé toute la journée !

— Comme nous nous sommes déplacés sur une très grande distance, peut-être que le soleil est déjà passé au-dessus de l'Angleterre. Il doit éclairer Boston maintenant. Nous nous sommes croisés dans les airs ! s'exclama Ed.

Abigail s'agita et ouvrit les yeux. Elle se redressa sur un coude.

— Combien de temps ai-je dormi ?

— Ne t'inquiète pas, dit Betty. Tu as à peine dormi une heure.

Un peu confuse, Abigail regarda sa cousine, puis elle reporta son attention sur Ezra qui ne s'était pas réveillé.

— Laissons-le dormir encore un peu. Je crains que nous ayons encore du chemin à faire, dit Ed.

— Je suis réveillé, marmonna Ezra sans ouvrir les yeux.

— Comment te sens-tu ? lui demanda Abigail avant de déposer un baiser sur son front.

— Comme si je m'étais fait piétiner par un cheval, sa voiture et tous les gens qu'elle contenait ! Où sommes-nous ?

— Nous n'en avons aucune idée, répondit Ed. À première vue, sur une immense plage.

— Il faut trouver quelqu'un qui nous indiquera le chemin pour Oxford, déclara Ezra en se relevant en grimaçant. En route !

— Tu es sûr que tu vas tenir le coup, mon vieux ?

— Mais oui !

Ezra s'étira et attrapa Ed et Betty par le bras, enjoignant à Abigail de se placer. Tout doucement, ils quittèrent la plage et montèrent dans les airs. Ils volèrent doucement jusqu'au bout de la plage. Un petit village s'y trouvait. Pour ne pas attirer l'attention, Ezra et les autres atterrirent en douceur avant d'y entrer. Au coin d'une rue, ils croisèrent une dame qui avançait, le dos courbé. Abigail s'approcha d'elle pour lui demander la route. La dame lui indiqua une direction au nord. Abigail revint vers ses compagnons.

— Oxford est à un peu plus de trois cent milles d'ici, soupira-t-elle.

— Ce n'est pas grand-chose, la rassura Ezra. Nous y serons dans une heure à peine. Trouvons de quoi grignoter et partons sans tarder.

Après s'être rassasiés, ils repartirent et survolèrent l'Angleterre. Quand ils arrivèrent à Oxford, il faisait nuit.

— Nous ne retrouverons pas Harvey ce soir, déclara Ed. Cherchons un hôtel pour dormir. Nous ne sommes plus bons à rien ! ajouta-t-il en voyant la moue dépitée d'Ezra. Reprenons des forces, ce sera plus facile après. Le voyage a été long.

Ezra acquiesça finalement. Lui et ses amis entrèrent dans la première auberge située sur leur chemin. Il ne restait que deux chambres libres ; les voyageurs les prirent sur-le-champ. Après avoir avalé un repas de pommes de terre et de ragoût d'agneau, ils montèrent dans leur chambre. Ezra avait à peine posé sa tête sur l'oreiller qu'il s'endormit instantanément. Abigail sourit en le couvant du regard. Elle se glissa sous les draps et se blottit contre lui. Dans son sommeil, Ezra passa son bras autour d'elle et la serra fort. Abigail sourit.

— Cette ville a l'air jolie, fit remarquer Betty assise à la fenêtre.

— Je trouve qu'elle ressemble beaucoup aux villes du Massachussetts, dit Ed.

— Peut-être pourrions-nous revenir en vacances un jour…

— Alors apprends à voler, ma belle, lui souffla Ed dans l'oreille.

Les amoureux se couchèrent. Épuisés, ils s'endormirent aussitôt.

Dehors, un homme passa devant l'auberge, le visage caché par un capuchon.

— La fin est donc proche, marmonna-t-il avant de s'éloigner dans les rues désertes d'Oxford.

La lune argentée était haut dans le ciel et elle baignait la ville d'une lumière irréelle.

9

Ezra et ses amis dormirent jusque tard dans la matinée. L'aubergiste vint les réveiller quand onze heures sonnèrent pour leur proposer de descendre manger. À table, ils dévorèrent à belles dents des œufs, du jambon, du pain, accompagnés de lait. Ils n'avaient pas mangé autant depuis des lustres. Après le repas, ils se sentirent comme neufs, prêts à démarrer une nouvelle journée. Ed alla à la rencontre de l'aubergiste qui servait aux tables.

— Excusez-moi, monsieur. Pourriez-vous m'indiquer le chemin pour aller à l'Université d'Oxford ?

— Bien sûr, mon gars. Ça fait une trotte d'ici, mais le temps est parfait pour une marche. Et puis, des jeunes comme vous, ça n'a peur de rien !

Ed acquiesça en souriant.

— En sortant, prenez à gauche. Deux rues plus loin, vous tomberez sur l'avenue principale de la ville. Prenez à droite et suivez-la jusqu'au bout, vous tomberez sur l'université. Vous ne pouvez pas faire plus simple !

— Merci beaucoup ! Et merci aussi pour le repas. C'était délicieux !

L'aubergiste sourit, visiblement ravi. Ed alla expliquer la route à ses amis. Tous montèrent récupérer leurs affaires dans leurs chambres. Ils payèrent l'aubergiste et sortirent dans Oxford. La ville était beaucoup plus petite que Boston, et les artères moins larges. Mais il y avait dans l'air ambiant quelque chose qui donnait à penser qu'il faisait bon y vivre, ce qui les séduisit tout de suite. Ils suivirent les instructions de l'aubergiste et se retrouvèrent rapidement sur la rue principale qui s'étendait à perte de vue en une longue ligne droite.

— On en a pour la journée, soupira Betty.

— Mais non, ce n'est qu'une illusion, la rassura Ed. Et regarde ! Il y a plein de boutiques ! Ce sera une promenade agréable.

Ils s'engagèrent dans la rue et passèrent devant des boutiques de vêtements, des confiseries, des épiceries. Toutes les devantures étaient très colorées et chaque enseigne avait été soigneusement travaillée. Ils marchèrent tranquillement, le nez en l'air, appréciant l'air frais et le soleil radieux. Finalement, la route leur parut plus courte que ce qu'ils avaient imaginé et ils se retrouvèrent devant l'Université d'Oxford, un immense bâtiment austère.

— Ne perdons pas de temps ! s'exclama Ezra. Nous procéderons comme pour Joshua, mais cette fois, finie la politesse. Je me rendrai invisible et me faufilerai dans les bureaux. Ce sera beaucoup plus rapide. Betty, si tu veux m'aider, tu es la bienvenue !

— Mais comment veux-tu que je le reconnaisse ?

— Apporte-moi tous les dossiers des étudiants qui s'appellent Harvey. Ed et moi les consulterons. Il ne doit pas y en avoir beaucoup qui viennent de Boston !

Betty accepta. Elle et Ezra laissèrent Ed et Abigail dans les jardins de l'université et s'en furent trouver les bureaux de l'administration. Devant l'édifice, ils devinrent invisibles. Puis ils attendirent patiemment que quelqu'un ouvre la porte pour leur permettre de se faufiler à l'intérieur. Cela ne tarda pas et, quelques minutes plus tard, Ezra entra dans un bureau désert. C'était la pause du dîner, il n'y aurait bientôt plus personne dans les couloirs. Une chance ! Il ouvrit un à un les tiroirs et faillit perdre espoir devant le nombre de dossiers qui s'étalaient sous ses yeux. Il y en avait des centaines, tous classés par département d'étude puis par ordre alphabétique. Cela prendrait des heures pour tous les consulter. Finalement, il ressortit discrètement dans le couloir et appela Betty en chuchotant. Elle entra avec lui dans la pièce.

— Il y a beaucoup trop de dossiers pour moi tout seul. Il faut que tu m'aides, murmura-t-il.

Ils prirent chacun un côté du meuble et commencèrent à passer en revue les multiples documents. Bientôt, une petite pile prit forme entre eux. Ils avaient regardé la moitié des dossiers quand ils entendirent des pas dans le couloir. Paniqués, ils refermèrent un peu violemment les tiroirs qui claquèrent et se tapirent dans un coin du bureau, les dossiers sous le bras, les yeux rivés sur la porte. Celle-ci s'ouvrit, et une femme dotée d'un léger embonpoint fit son entrée. Elle s'installa sur la chaise derrière le bureau en poussant un soupir de soulagement.

— On est coincés, murmura Betty.

Ezra lui plaqua sa main sur la bouche pour la faire taire. Surprise, la femme se retourna. Mais ne voyant rien, elle se remit à ses occupations.

Quelques minutes plus tard, des cris retentirent dans le couloir :

— Miss Salway ! Miss Salway !

La femme leva la tête, l'air exaspéré. La porte s'ouvrit à la volée sur une petite femme aux yeux affolés.

— Miss Salway, il y a encore un problème à la bibliothèque !

— Rhonda ! grogna l'interpellée. Ne vous ai-je pas expliqué mille et une fois de ne pas me déranger pour si peu ?

— Mais, miss Salway, un étudiant a fait tomber volontairement toute une étagère de livres dans un accès de colère. Et maintenant, il s'en prend aux bibliothécaires !

Miss Salway marmonna quelques imprécations et suivit la petite femme à l'extérieur en fermant soigneusement la porte de son bureau.

— Vite ! Nous n'avons pas beaucoup de temps ! souffla Ezra. Finissons-en et sortons avant qu'elle ne revienne.

Ils se jetèrent sur les tiroirs et accélérèrent la cadence. Quand ils eurent tout passé en revue, ils avaient entre les mains une vingtaine de dossiers d'élèves s'appelant Harvey. Ils les emmenèrent avec eux. Betty ouvrit précautionneusement la porte et jeta un œil dans le couloir. La voie étant libre, ils sortirent rapidement et rejoignirent Ed et Abigail, allongés sur l'herbe en plein soleil.

— Dépêchons-nous ! s'écria Ezra en se laissant tomber à côté de ses amis, ce qui les fit sursauter.

Il distribua équitablement les dossiers. Chacun s'absorba dans la lecture des documents.

— Je crois que je l'ai ! s'exclama Ed. Harvey Pierce, né à Boston en 1676. C'est sûrement lui !

Ezra s'était déjà penché sur l'épaule de son compagnon et lisait le dossier.

— Département d'économie… Allons-y !

— Et les dossiers ? demanda Abigail. Nous ne pouvons pas les laisser là !

— Je vais les rapporter, proposa Betty.

Elle les plaça en une pile bien nette et s'éloigna tranquillement. Au moment où elle passa la porte de l'université, elle devint invisible. Quelques minutes plus tard, elle revint en courant. Ensuite, les quatre amis se dirigèrent vers le bâtiment d'économie. D'après le plan de l'université, celui-ci se trouvait juste à côté de l'administration.

— Allons voir à la bibliothèque, proposa Abigail. Peut-être Harvey est-il en train d'y travailler.

Ils se dirigèrent d'un pas autoritaire vers la bibliothèque. Elle ressemblait en tout point à celle qu'ils avaient déjà vue à l'Université de Boston. Ils sillonnèrent la pièce, passèrent entre les tables en jetant un œil sur chaque visage. *A priori,* du peu dont Ezra et Ed se souvenaient de lui, Harvey n'était pas là. Ils ressortirent dans le couloir. Ezra marcha au hasard des corridors du bâtiment, persuadé que si la chance était avec lui il croiserait Harvey comme cela s'était produit avec Joshua. Et la chance était avec lui. Il vit un peu plus loin un jeune homme aux épaules carrées, à la mâchoire proéminente, qui marchait d'un pas décidé dans sa direction. Quand leurs regards se croisèrent, Ezra esquissa un sourire. C'était bien Harvey. Il aurait reconnu cette tignasse entre mille. Seulement, le jeune homme ne sourit pas. Au contraire : dans ses yeux s'alluma une terrible étincelle de haine qui fit frémir Ezra.

Harvey courut les quelques pieds qui les séparaient et attrapa Ezra à la gorge. Ils tombèrent tous les deux dans le couloir. Ezra eut le souffle coupé sous le poids de Harvey. Il essaya de crier, mais les mains de son vieil ami le tenaient comme un étau. Il les agrippa sans pouvoir desserrer un seul doigt. Harvey avait des mains de fer. Ezra étouffait et il était sur le point de s'évanouir. Sa vue se brouilla et il sentit sa tête chauffer. Il ferma les yeux. Soudain, l'emprise se desserra un peu. L'air retrouva peu à peu son chemin dans sa trachée douloureuse. Ezra inspira goulûment plusieurs bols d'air qui lui brulèrent les poumons, puis il se redressa en toussant. Ed était venu à sa rescousse. Heureusement, car Harvey semblait transcendé par la colère. Ed lui retenait les bras dans le dos si bien que Harvey n'avait pas encore vu le visage de l'allié d'Ezra. Quand il put se retourner, sa colère s'amplifia encore en reconnaissant Ed. Il ouvrit grand la bouche et un hurlement d'animal blessé résonna tout le long du couloir. Il hurla tant que toutes les portes s'ouvrirent, laissant passer des têtes curieuses. Ed le lâcha finalement et recula. Abigail et Betty aidèrent Ezra à se relever. Puis ils s'enfuirent tous les quatre en courant sous les yeux stupéfaits des gens de l'université.

— Quelle furie ! gronda Ed. On ne pourra jamais remettre les pieds dans l'université avec le cirque qu'il vient de faire !

— Nous l'attendrons ce soir, dit Ezra. J'ai vu dans son dossier qu'il n'habitait pas à l'université, mais dans la ville. Je ne me souviens plus de l'adresse par contre.

Il portait autour du cou la trace des doigts de Harvey. Ce dernier avait serré suffisamment fort pour laisser une marque rouge qui virerait bientôt au bleu.

— Laisse-moi regarder, dit Abigail quand elle et ses compagnons furent sortis de l'enceinte de l'université.

Ezra tendit le menton vers le ciel pour dégager son cou. Abigail posa ses mains sur les blessures et ferma les yeux. Une douce chaleur envahit Ezra, complètement différente de celle qu'il avait ressentie quand il avait cru que sa tête allait exploser.

— Et voilà ! s'exclama Abigail, ravie.

Doucement, Ezra toucha sa gorge. Il ne ressentait plus aucune douleur.

— Même les marques ont disparu, dit Betty. Quel monstre, cet Harvey ! J'ai bien cru qu'il allait te tuer !

— Pourquoi a-t-il réagi comme ça ? demanda Abigail.

— La mère de Betty nous avait prévenus que ce ne serait pas simple, murmura Ezra. La rancœur tenace, tu te souviens ?

— Retournons à l'auberge, proposa Ed. Est-ce que tu sais à quelle heure il quitte l'université ?

— Je crois avoir vu sur un babillard dans le département d'économie que les cours finissaient le soir à sept heures.

— Mais peut-être que Harvey termine avant.

— Alors nous reviendrons demain pour chercher son adresse. Je m'en veux de ne pas l'avoir notée !

Ils rentrèrent tranquillement à l'auberge. Ils s'installèrent dans le jardin et y paressèrent tout l'après-midi. Le tenancier avait aménagé dans son petit carré de pelouse une mare où sautaient quelques poissons. Des couvertures avaient été disposées à l'ombre ou au soleil, ce qui permettait aux clients de s'installer à leur gré. L'aubergiste venait régulièrement ravitailler ses occupants en boissons fraîches et passait un peu de temps avec chacun d'entre eux.

Quand le soir tomba, Ezra dut motiver son petit monde. Le farniente de l'après-midi avait laissé Ed et les filles dans un état d'indolence agréable. Ils n'avaient aucune envie de retourner à l'université, d'où ils reviendraient sans doute bredouilles.

— Nous ne sommes pas venus en Angleterre pour rien ! s'impatienta Ezra.

Les trois autres eurent beau soupirer tant et plus, Ezra les traîna finalement dehors. Ils partirent dans la nuit qui tombait sur Oxford. Cette fois, ils ne s'arrêtèrent pas devant les vitrines des commerces et marchèrent d'un pas vif jusqu'à l'université. Une foule d'étudiants en sortait. Abigail se demandait comment retrouver Harvey dans cette cohue. Elle et ses amis s'éparpillèrent et guettèrent. Peu de temps après, Betty vint rejoindre sa cousine.

— Je crois que je viens de le voir, lui dit-elle.

Abigail appela Ed et Ezra. Les jeunes hommes accompagnèrent Betty pour confirmer l'identification. Elle leur montra une haute silhouette de dos. Ezra hocha la tête tout de suite. Ils laissèrent à Harvey un peu d'avance et le suivirent à une distance raisonnable. La nuit leur offrait la meilleure des cachettes. Harvey s'engagea dans de nombreuses petites rues qui tournaient à droite et à gauche en un véritable dédale. La filature dura un moment, et jamais l'étudiant ne sembla remarquer qu'il était suivi. Il tourna finalement un dernier coin de rue et pénétra dans un immeuble de deux étages. La pancarte sur la porte indiquait qu'il s'agissait d'une pension.

— Que fait-on maintenant ? demanda Betty.

— On va chez lui et on le force à nous donner la pierre, proposa Ed.

— Non. Nous risquons d'ameuter tout le quartier encore une fois. Il nous faudra être plus subtils.

— Pénétrer chez lui par effraction ? Le menacer ? Allons, Ezra ! protesta Ed. Harvey sait que nous sommes sur ses traces, mais il ignore pourquoi. Peut-être qu'une simple discussion pourrait arranger les choses.

— Non ! Tu as vu avec quelle haine il a réagi en nous reconnaissant ? Ce sera toujours pareil.

— Alors quoi ?

— Je réfléchis !

Derrière eux, un homme surgit du détour d'une rue, le visage masqué par un capuchon. Il s'approcha doucement et resta silencieux. Il se tenait si proche de la troupe qu'il pouvait humer le parfum ambré d'Abigail. Les quatre jeunes gens, qui continuaient à discourir sur la meilleure façon d'approcher Harvey, ne s'étaient pas rendu compte de sa présence.

— Je sais qui vous êtes, lâcha-t-il brutalement, ce qui fit hurler Abigail.

Ezra et ses compagnons se retournèrent en même temps.

— Je sais qui vous êtes, répéta l'homme.

— Et vous, qui êtes-vous ? gronda Ezra. Nous avez-vous suivis ?

— Je me nomme William et je sais ce que vous cherchez. Je sais que la fin arrivera grâce à vous.

— Vous êtes fou ! lâcha Ed. Laissez-nous tranquilles !

— Écoute-moi, petit ! Tu n'as aucune idée de qui je suis ni de ce que je suis. Alors ne me parle pas sur ce ton. Je suis venu vous aider.

— Nous n'avons pas besoin d'aide ! protesta Ezra.

— Bien sûr que si !

— Mais que nous voulez-vous ? s'exclama Betty.

L'homme se tourna vers elle et rabattit sa capuche. Il avait un visage fin aux yeux très bleus qui étincelaient même dans la noirceur.

— Je suis comme vous. Un sorcier exilé. Je vous ai repérés le jour de votre arrivée.

— Mais comment savez-vous que nous sommes des sorciers ? demanda Abigail.

— Vous rayonnez.

— Pardon ?

— Vous avez ce halo propre aux sorciers. Sauf le jeune homme, là.

— Et que cherchons-nous, à votre avis ? demanda Ezra.

— Les pierres d'Éops, évidemment.

Ezra en resta bouche bée.

— Que savez-vous d'elles ? s'enquit Betty.

— La même chose que vous.

— Mais qui êtes-vous à la fin ? s'impatienta Abigail.

— Je suis un ami. J'ai longtemps habité en Amérique avant de venir en Angleterre. J'ai vécu, disons, une tragédie qui m'a conduit ici. Mais je n'ai jamais cessé de me tenir informé des manifestations magiques qui survenaient dans mon pays. Je suis au courant d'à peu près tout ce qui vous est arrivé ces derniers mois. Toi, tu es la fille du révérend Parris, mort du choléra. Toi, tu es sa cousine orpheline. Toi, mon jeune ami, tu es le plus jeune et le plus puissant des sorciers que compte la terre à ce jour. Vous avez tous trois mené la rébellion contre l'inquisition. Et toi, ajouta-t-il à l'intention d'Ed, tu t'es seulement trouvé au mauvais endroit, au mauvais moment. Erreur de jeunesse, ajouta-t-il avec un clin d'œil.

— Comment peut-on être sûrs que vous ne faites pas partie de l'inquisition ? interrogea Ezra, suspicieux.

— C'est simple : vous ne pouvez pas !

Il claqua fortement ses deux paumes l'une contre l'autre, ce qui fit apparaître une boule de lumière qu'il envoya dans les airs où elle flotta doucement, éclairant le groupe d'un doux halo.

— Mais vous devriez me croire, car je peux vous être utile.

— J'ai l'impression de vous connaître, chuchota Abigail.

— Nous ne nous sommes jamais rencontrés, mademoiselle.

— C'est curieux…

— Très bien ! trancha Ezra. Mais je ne vous ferai pas confiance avant que vous l'ayez mérité.

— C'est tout à ton honneur !

— Mais si vous voulez nous aider, dites-nous comment nous pouvons récupérer la dernière pierre qui se trouve dans cette maison.

— Es-tu sûr qu'elle est ici ?

— En tout cas, la personne qui la possède habite dans cette maison.

— Il faudra la lui soutirer de force. Que ce soit la pierre ou l'indication de son emplacement. Ce garçon n'a aucune envie de vous aider.

— Vous nous avez suivis toute la journée ? s'offusqua Betty.

— Évidemment !

Ezra et ses amis se regardèrent tous à la dérobée. L'homme était étrange mais il émanait de lui une aura de bonté et de générosité. Une envie d'aider aussi. Et malgré eux, ils commençaient à croire à son histoire. William avait cet air rêveur qu'ont les gens un peu dans la lune mais qui sont, en fait, pourvus d'une terrible acuité.

— Que nous proposez-vous alors ? lui demanda Abigail.

— De rentrer à l'auberge. Il est trop tard pour agir ce soir. De plus, ce jeune homme doit être sur le qui-vive après le tumulte de l'après-midi. Laissons-le se reposer et demain, à la première heure, nous viendrons faire une entrée fracassante dans son univers. Je doute qu'il coopère. Il faudra donc la jouer finement. Ce sera de mon ressort. Je vous laisserai observer, bien entendu.

Betty pouffa. William avait l'humour pince-sans-rire qui, disait-on, faisait la réputation de l'Angleterre. En quelques minutes à peine, il était devenu sympathique à tous. Seul Ezra gardait une pointe de méfiance. Il observerait l'homme pendant cette soirée et verrait si, oui ou non, il était digne de confiance. Quelque chose le troublait. Comme pour Abigail tout à l'heure, le sorcier lui semblait étrangement familier, comme une vague connaissance que l'on a croisée seulement une fois mais que l'on reconnaît malgré tout. Il se creusa la tête pour essayer de se souvenir, mais rien ne vint. William et les autres avaient déjà pris le chemin du retour. Abigail l'attendait. Il lui sourit, prit sa main et ils partirent à la suite de leur petite troupe.

À l'auberge, le tenancier leur servit un festin de ragoût, de légumes, de desserts et de vin. Ils discutèrent gaiement jusque tard dans la nuit, bien après que tous les autres clients soient allés se coucher. Ezra tenta de creuser un peu du côté de William, mais ce dernier parlait beaucoup sans dire grand-chose. Au moment de se coucher, le jeune sorcier n'en savait guère plus, mais il reconnaissait volontiers que William était un très agréable interlocuteur.

10

Abigail ne parvenait pas à s'endormir. Ils avaient tous passé une très bonne soirée, cependant quelque chose la travaillait. Elle était persuadée d'avoir déjà entendu parler de William ; toutefois, elle était incapable de se rappeler les circonstances et ce qu'on lui avait dit à son sujet. Elle ne doutait pas de la sincérité du sorcier, elle ne ressentait d'ailleurs aucun malaise en sa présence. Toutefois, le sentiment désagréable d'avoir oublié quelque chose d'important allait sans doute la laisser éveillée toute la nuit. À côté d'elle, Ezra s'était déjà endormi, épuisé par la journée et par le vin qu'il avait bu en trop grande quantité. Assise dans le lit, elle regardait par l'entrebâillement des rideaux la nuit noire dehors. Que de chemin parcouru en près d'un an ! Betty et elle s'étaient débrouillées seules après la mort de Samuel Parris et s'étaient bien accommodées de leur nouvelle indépendance. Bien sûr, Ezra et Ed étaient là, mais Abigail était fière de son parcours et de celui de Betty. Elles auraient un grand nombre de choses à raconter à leurs enfants, si elles se décidaient à tout leur dire. Abigail et sa cousine se questionnaient encore sur l'héritage de leurs dons. Elles se demandaient aussi si c'était une bonne chose que d'en discuter. De toute façon, le sujet n'était pas d'actualité. Elle ne savait même pas quand ils pourraient rentrer à

Salem. Maintenant qu'ils avaient retrouvé Harvey, il leur faudrait mettre la main sur la pierre qui, si le jeune homme ne la possédait pas, pouvait être n'importe où.

Après cette quête, un autre grand voyage les attendait, elle et ses amis. Tituba avait déserté et personne ne savait où elle se trouvait. Abigail espérait que cela ne prendrait pas des mois pour la localiser et que la mère de Betty les aiderait. Emma lui manquait déjà. Même si leur départ ne datait que de quelques jours, les grands éclats de rire de la petite fille et sa chatte qui la suivait partout faisaient partie de son quotidien. Elle s'était attachée à Emma, et s'occuper d'une enfant lui plaisait beaucoup. À Ezra aussi, semblait-il. Elle le regarda. Elle avait hâte de commencer sa vie avec lui. Et si Betty et Ed venaient s'installer avec eux, ce serait encore mieux. Ils pourraient organiser des fêtes, des repas. Peut-être inviteraient-ils les sorcières de l'Alliance de Terwik de temps en temps. Cela faisait si longtemps qu'ils n'avaient pas vu Sally ! Elle soupira, puis elle s'allongea pour essayer de s'endormir. Soudain, comme un ressort, elle se redressa, les yeux grands ouverts. Sally ! Oui ! Elle se pencha sur Ezra et le secoua sans ménagement. Le jeune homme grogna et tenta de se tourner sur le côté pour échapper à Abigail.

— Réveille-toi ! commanda la jeune fille.

— Qu'est-ce qui se passe ? balbutia Ezra. Abi, il est très tard. Ou très tôt, selon le point de vue. Et demain, nous partons à la première heure. Je suis épuisé !

— Tu n'avais qu'à ne pas boire tout ce vin ! Allez, écoute-moi : j'ai trouvé !

— Trouvé quoi ? grommela le jeune homme qui se redressa et passa sa main sur son visage.

— J'ai trouvé qui était William ! Je savais que je le connaissais !

Tout à fait réveillé cette fois, Ezra attendit la suite.

— Je crois que... Non, je suis sûre que c'est le William de Sally ! Tu sais, l'homme dont elle était amoureuse. Ils se sont séparés quand leur enfant est mort. Tu te rappelles ?

Ezra hocha lentement la tête. Il se souvenait de cette histoire ; elle était tellement triste. Sally et son mari avaient dû exclure leur fils de leur village à cause de ses pouvoirs. C'était un Chapardeur, un être redouté dans le monde des sorciers et qui ne naissait que de deux parents aux pouvoirs magiques. Ezra avait tout appris à ce sujet car, s'il comptait faire sa vie avec Abigail, le problème se poserait pour eux également. Le fils de Sally et de William, Ayel, s'était laissé mourir de tristesse et d'ennui. William avait quitté l'Amérique et Sally s'était installée à Marblehead. Ils ne s'étaient jamais revus.

— Mon Dieu, mais tu as raison ! s'exclama-t-il enfin. C'est lui !

— Se pourrait-il que Sally lui ait demandé de nous suivre et de nous aider ?

— Non. Je le crois quand il dit qu'il s'est tenu au courant de ce qui se passait en Amérique par ses propres moyens. Et Sally ne nous aurait pas menti.

Ils restèrent silencieux un moment. Puis Abigail demanda :

— Penses-tu que nous devrions prévenir Sally ?

— J'étais en train de me demander la même chose. Je ne sais pas.

— Elle n'a jamais mentionné qu'elle ne voulait plus le revoir. C'est lui qui est parti.

— Alors peut-être est-ce lui qui ne veut plus entendre parler de Sally…

— Tout ça s'est passé il y a longtemps ! protesta Abigail.

— Je ne pense pas que ce soit le genre d'épreuves que l'on puisse oublier… Même avec le temps.

— Écrivons à Sally, suggéra Abigail. Nous lui dirons que nous avons besoin de son aide et qu'une surprise l'attendra à son arrivée.

— C'est très risqué, avança Ezra. Il faudrait demander l'avis de William.

— Non ! Je prendrai l'entière responsabilité de la suite des événements. Je te le promets !

Ezra regarda intensément la jeune fille. Abigail brûlait littéralement d'envie de se précipiter sur une feuille et d'écrire à Sally. L'idée le tentait aussi, mais il craignait la réaction des deux sorciers. Seraient-ils heureux de se revoir ? Est-ce que cela ne rouvrirait pas d'anciennes blessures qui avaient sans doute mis des années à cicatriser ? De toute façon, la vie était faite pour être vécue, alors autant prendre des risques.

— Très bien. Écrivons à Sally !

Abigail retint un hurlement de joie et elle se jeta dans les bras d'Ezra qui la serra contre lui en riant. Puis elle sauta du lit, attrapa sur le bureau une feuille et une plume et se mit à écrire avec ardeur. Penché sur son épaule, Ezra lisait à mesure.

Sally,

Cela fait si longtemps que nous n'avons pas eu de vos nouvelles ! Nous espérons sincèrement que vous avez réussi à rétablir une paix et une tranquillité durables à Marblehead. Nous pensons souvent à vos sœurs qui se sont sacrifiées pour notre cause.

Nous sommes en train de terminer ce que nous avons commencé avec votre aide. Nous sommes maintenant à la recherche de Tituba pour la mettre définitivement hors d'état de nuire. En ce moment, nous nous trouvons en Angleterre, à Oxford plus précisément, et nous aurions bien besoin de vous. Pourriez-vous nous rejoindre au plus tôt ?

Une surprise vous attendra à votre arrivée.

Abigail et Ezra

— Le message est court, fit remarquer Ezra. Tu ne crois pas que l'on devrait développer un peu ? On lui demande quand même de traverser l'océan pour nous.

— Si nous lui en disons trop, elle risque de refuser de venir. Non, je crois que rester un peu vague est la meilleure solution.

— Tu sais que la lettre mettra des semaines à arriver ?

— J'ai pensé à tout.

Elle passa sa main le long du parchemin qui rougeoya légèrement.

— Qu'est-ce que tu fais ?

— C'est un sort que j'ai découvert il n'y a pas longtemps. Il protège le parchemin et…

Elle leva la main et la lettre s'envola devant elle.

— … il parviendra à Sally en très peu de temps. En fait, il traversera l'océan aussi vite que nous l'avons fait.

— C'est fabuleux ! s'extasia Ezra. Est-ce que tu pourrais transporter quelqu'un ainsi ?

— Dans l'immédiat, non. Cela me prendrait beaucoup trop d'énergie. Bien plus que de porter une personne pendant la traversée. Mais je vais y travailler dès que nous serons rentrés à Salem.

Elle alla ouvrir la fenêtre et le parchemin s'envola doucement dans la tiédeur de la nuit. Abigail claqua des doigts et la lettre disparut à une vitesse folle.

— Voilà ! Elle ira taper à la fenêtre de la maison de Sally dans quelques heures à peine. Espérons que notre amie nous répondra par le même sort…

Abigail bâilla profondément. Le sommeil venait enfin. Ezra et elle retournèrent se coucher. La jeune fille s'endormit rapidement.

Au matin, l'aubergiste offrit à ses clients de nombreux mets qui exhalaient des odeurs parfumées et sucrées.

— Vous ne dormez donc jamais ! s'exclama Ed devant l'étalage de nourriture.

— Mon jeune ami, quand on aime son travail, il devient un loisir. Ainsi, nous sommes heureux d'y aller tous les jours !

Puis il asséna une claque dans le dos de son interlocuteur qui manqua de faire tomber ce dernier. Ezra et ses amis allèrent s'installer à une table et commencèrent à déjeuner. Abigail ne quittait pas William des yeux. Ezra le remarqua et pinça doucement la cuisse de sa copine sous la table. Celle-ci reporta aussitôt son attention sur le thé qui fumait dans la théière en porcelaine. Elle s'en servit une tasse. Elle mourait d'envie de parler à Betty. Ce matin, au réveil, elle avait voulu se rendre directement dans la chambre de sa cousine pour lui annoncer ce qu'elle avait découvert. Mais dès qu'elle avait ouvert la porte, elle avait trouvé dans le couloir Betty, Ed et William qui les attendaient, elle et Ezra. Déçue, elle leur avait emboîté le pas. Maintenant, elle trépignait d'impatience.

Une fois leur repas avalé, ils décidèrent de se rendre à la pension où logeait Harvey. Ils éprouvèrent quelques difficultés à se repérer, car les rues étaient très sinueuses dans ce quartier. Mais ils finirent par retrouver la maison où ils avaient vu Harvey entrer la veille.

— Que fait-on à présent ? demanda Betty.

— Nous allons laisser nos deux amis monter voir leur ancien camarade, dit William. Si cela ne marche pas, venez me prévenir, les garçons, et j'irai vous aider.

— William, nous sommes d'accord que vous ne ferez aucun mal à Harvey, n'est-ce pas ? lança Ezra.

William ne répondit pas tout de suite.

— Bien sûr que non, finit-il par dire. Il y a d'autres moyens de convaincre quelqu'un que de le torturer ! Vous devriez le savoir.

— Il ne faut pas que vous le menaciez non plus !

— Ezra ! tonna William. Est-ce que tu me prendrais pour un simple humain aux méthodes ancestrales qui n'a dans la tête qu'un pois chiche incapable de fonctionner ? Je sais que tu es puissant, je sais que tu as développé de grands pouvoirs. J'ai aussi entendu parler de tes capacités à diriger une armée. En fait, je n'ai entendu que du bien de toi. On ne m'avait pourtant pas prévenu du nombre de bêtises que tu pouvais proférer en si peu de temps, mon garçon. Je suis un sorcier, pas un monstre. Je suis comme toi et comme Abigail et Betty. Si tu te méfies de moi, alors tu devrais te méfier d'elles. Si tu es incapable de reconnaître la sincérité quand tu la rencontres, alors tu vivras seul ! Nom de Dieu !

L'air hébété, Ezra n'eut aucune réaction.

— Ne blasphémez pas, William ! dit Betty.

Elle était d'accord avec William. Ezra prenait toujours son rôle de chef trop à cœur. Cela avait failli la tuer dernièrement alors qu'elle était coincée dans cet entre-deux mondes. Ezra était trop fier et cela lui ferait du bien de se faire remettre à sa place par un aîné. Le jeune homme marmonna des excuses dans sa barbe et se laissa volontiers chahuter par Ed et par Betty. Lorsque William lui tapota gentiment le dos, Ezra esquissa un sourire contrit. D'un geste, William balaya tout.

— Allez, assez bavardé ! Il y a une pierre qui vous attend. Ed, Ezra, à vous de jouer !

Les deux jeunes hommes frappèrent à la porte de la pension. Une vieille femme toute ridée vint leur ouvrir. Elle les regarda d'un air suspicieux. Quand elle parla, Ezra et Ed virent qu'il ne lui restait que quelques dents dans la bouche.

— Qu'est-ce que vous voulez ? demanda-t-elle d'une voix grinçante.

— Nous cherchons Harvey. Harvey Pierce.

— Et qu'est-ce que vous lui voulez à Harvey ?

— Ça ne vous regarde pas ! rétorqua Ed. Sans vouloir vous offenser, ajouta-t-il d'un ton radouci.

— Bien sûr que ça me regarde, jeune homme. Ici, c'est ma pension et tous mes pensionnaires ont des comptes à me rendre ! Que lui voulez-vous ?

— Nous souhaitons seulement lui parler. C'est un ancien camarade d'or… d'école et nous ne nous sommes pas vus depuis des années.

— Alors je vais vous annoncer, déclara-t-elle en se retournant.

Vivement, Ed lui agrippa le bras.

— Non ! s'écria-t-il un peu trop fort. En fait, reprit-il, nous aimerions lui faire une surprise.

— Une surprise ? grogna la propriétaire de la pension. Ça fait bien longtemps qu'on ne m'en fait plus à moi ! C'est au deuxième étage, la porte de droite au fond du couloir à gauche.

Elle retourna dans son bureau en bougonnant.

— Et si on envoyait des fleurs à la vieille bique pour la remercier ? murmura Ed à l'oreille d'Ezra.

Ezra pouffa et fit signe à Ed de se taire. Après avoir suivi les indications de la concierge, ils arrivèrent devant une petite porte au bas de laquelle s'échappaient des interstices de lumière.

— Eh bien, chuchota Ezra, Harvey ne doit pas avoir chaud l'hiver !

Il hésita un instant et frappa à la porte. Un grand fracas retentit à l'intérieur, suivi d'une bordée de jurons.

— Ça se présente mal, dit Ed.

Harvey ouvrit la porte à la volée, l'air furieux. Il mit quelques secondes à reconnaître Ezra et Ed, puis il referma la porte avec violence. Ezra plaça son pied juste à temps entre le chambranle et la porte. Il étouffa un cri et posa ses deux mains à plat sur le battant. Lui et Ed pénétrèrent dans la chambre. Cette appellation semblait exagérée vu la taille de la pièce. Il n'y avait qu'un lit et une table avec, entre les deux, tout juste la place pour que Harvey puisse passer de côté. Une minuscule fenêtre donnait sur une cour crasseuse. La vitre était tellement sale que les rayons du soleil ne pénétraient pas à l'intérieur de la chambre. Harvey tournait le dos à ses visiteurs.

— Harvey, mon vieux, il faut que tu nous écoutes, déclara Ed. Nous avons besoin de toi !

— Moi aussi, j'ai eu besoin de vous… murmura le jeune homme.

Il se retourna brusquement, une lame dans la main droite. Ezra recula à temps, mais la pointe du couteau trancha le tissu de sa tunique. Harvey fonça tête baissée sur ses anciens amis, le poignard en avant. Ezra et Ed s'étaient eux-mêmes pris au piège. Ayant fermé la porte derrière eux, ils se retrouvaient coincés à trois dans une minuscule pièce où tout pouvait être atteint simplement en tendant le bras. Bloqués entre le lit et la table, Ezra et Ed ne savaient pas quoi faire.

— Ezra, il me semble que ce serait le moment de te servir de tes pouvoirs, non ? lança Ed.

— Je ne veux pas lui donner la chance de nous dénoncer à l'inquisition plus tard.

— Tu ne sais pas effacer la mémoire ?

— Pas encore, non. Je cherche une solution, alors laisse-moi réfléchir ! Je n'en vois qu'une seule !

— Très bien !

Ezra tendit la main vers Harvey qui alla se cogner contre le mur derrière lui, perdant connaissance.

— Qu'est-ce que tu as fait exactement ? demanda Ed, intéressé.

— Un poing d'air ! le renseigna Ezra. L'avantage, c'est qu'on n'a pas à se salir les mains.

— Et maintenant ?

— Il faut aller chercher les autres. Je crois que ça sera à William de jouer !

— Nos amis ne pourront jamais entrer avec le dragon en bas.

— Dis-leur de venir sous la fenêtre. Je les ferai monter par là !

— Tu as vu la taille de la fenêtre ?

Ezra adressa un sourire railleur à Ed. Il ouvrit ensuite les battants, les attrapa tous les deux et tira de chaque côté. Comme si elle était élastique, la fenêtre s'élargit, laissant largement la place à un être humain de passer sans difficulté.

— Extraordinaire ! souffla Ed. J'ai l'impression que tu as de nouveaux pouvoirs tous les jours !

— J'ai cette impression aussi ! D'ailleurs, je crois qu'il arrive la même chose à Abigail. Ce doit être le lot des sorciers d'évoluer chaque jour ! Betty doit être dans la même situation.

— Je ne crois pas, non. Je vais chercher les autres.

Ed redescendit rapidement. Ezra entendit son pas claquer dans l'escalier et la porte se refermer derrière lui. Il se pencha à la fenêtre et vit ses quatre amis arriver. Grâce à leurs pouvoirs, Abigail et Betty montèrent facilement.

— Ezra, comment comptes-tu aider Ed et William à grimper jusqu'ici ? s'enquit Abigail.

— Comme ça !

Ezra passa les deux bras par la fenêtre et les pointa sur Ed et William. Les deux hommes s'envolèrent aussitôt en criant. Ezra ne maîtrisait pas encore bien la stabilisation sans contact : Ed et William furent ballottés dans tous les sens durant l'ascension. Quand ils posèrent le pied par terre, ils étaient blancs comme des draps.

— Ne me refais jamais ça, gronda Ed, les mains sur les genoux.

— Bon ! s'exclama William, déjà remis de ses émotions. Où est le fauve ?

Ezra désigna Harvey, toujours inconscient.

— Mais qu'est-ce que tu lui as fait ? s'étonna William.

— Il était armé d'un couteau !

Abigail alla mouiller un linge au petit robinet. Elle appliqua ensuite le tissu sur le visage de Harvey. Celui-ci se réveilla en sursaut et frappa Abigail à la pommette, ce qui fit tomber la jeune fille. Elle avait la joue rouge, mais elle avait eu plus de peur que de mal.

Ezra voulut sauter sur Harvey ; William s'interposa aussitôt entre les deux garçons. Après s'être remis debout, Harvey tenta de s'enfuir. Mais William l'immobilisa, le figeant dans les airs.

— Je veux que tu te calmes tout de suite, mon petit gars ! ordonna William.

— Allez vous faire voir ! cracha l'étudiant.

— Je me disais bien que ce ne serait pas simple ! Ezra, Ed, Abigail, Betty, je veux que vous sortiez. Je dois tirer les vers du nez de ce jeune homme et vous allez me gêner !

— Qu'allez-vous faire ? demanda Betty.

— Secret ancestral, ma jolie. Il a été transmis dans ma famille pendant des générations. Malheureusement, je n'ai pas eu d'enfants.

Ses yeux se voilèrent, puis il reprit :

— Toujours est-il qu'avec un pouvoir comme celui-là je pourrais diriger le monde ! Allez, sortez !

Ils passèrent les uns après les autres devant Harvey qui avait perdu son air bravache. La peur se lisait dans ses yeux. Quand Ezra croisa son regard, il crut y lire une sorte de supplication. Finalement, ils sortirent tous, laissant William et Harvey seuls dans la petite pièce. Quand Ezra et les autres passèrent devant la fenêtre du bureau de la concierge, celle-ci jeta un regard stupéfait à Ed et aux jeunes filles.

— Je vous ai vu sortir tout à l'heure, dit-elle à Ed. Et vous n'êtes pas remonté ! Et vous, ajouta-t-elle en montrant Abigail et Betty du doigt, vous n'étiez pas là tout à l'heure !

— Madame, vous devez avoir des hallucinations ! Je vous conseillerais de consulter un docteur au plus vite !

Ed et ses amis sortirent. Ils s'éloignèrent un peu et attendirent. Ezra alla rôder sous la fenêtre de la chambre de Harvey pour essayer d'entendre quelque chose, mais aucun son ne sourdait. Une heure passa, puis deux. Enfin, William ressortit. Il avait l'air épuisé. Ezra se précipita vers lui.

— Alors ? Que lui avez-vous fait ? Il va bien ?

— Je vois que tu ne me fais pas encore vraiment confiance. Va voir à la fenêtre. Votre cher Harvey fume tranquillement une cigarette.

Ezra et Ed allèrent vérifier. Effectivement, Harvey paraissait tout à fait calme. Il était un peu échevelé, mais il ne semblait pas secoué. Ezra et Ed retournèrent près de William.

— La pierre n'est pas ici, leur dit le sorcier. Mais Harvey m'a dit où il l'avait cachée. Vous êtes prêts pour un nouveau voyage ?

— Où va-t-on ?

— Visiter les pierres suspendues de Stonehenge !

11

Ils partirent l'après-midi même après être allés récupérer leurs affaires à l'auberge.

— Vous n'avez pas besoin de passer chez vous ? demanda Ed à William. Nous pouvons faire un petit détour, vous savez.

— Je n'ai pas de chez-moi, mon jeune ami. Ma vie se situe partout dans cette ville et je m'endors au hasard des rencontres. Comme ça, je ne m'encombre de rien et je peux partir n'importe quand.

— Comment allons-nous nous rendre à Stonehenge ? interrogea Betty. Je ne crois pas avoir très envie de voler à nouveau…

— Ce sera inutile, car Stonehenge n'est pas très loin d'Oxford, lui apprit William. Je vais tous nous y emmener en un rien de temps. Vous avez tout ce qu'il vous faut ?

Les quatre amis hochèrent la tête.

— Alors tenez-vous par la main, car je n'ai pas assez de bras pour vous attraper tous ! Prenez une grande inspiration quand je vous le dirai, car vous risquez d'être un peu secoués !

— Qu'allez-vous faire exactement ? questionna Abigail avec une pointe d'angoisse dans la voix.

— Ça, ma grande, c'est une surprise !

Quelques instants plus tard, le sorcier cria :

— Inspirez !

Chacun prit une grande goulée d'air, en se tenant fermement aux autres. Puis une terrible pression sembla aplatir les membres du groupe contre le sol. Ezra entendit à ses côtés des cris étouffés, et il sentit la main d'Abigail se crisper dans la sienne. Un instant avant de perdre conscience, il se demanda s'ils n'avaient pas fait une erreur en faisant confiance à William.

Quand ils se réveillèrent, ils étaient allongés sur de l'herbe fraîche en pleine campagne. Et William n'était pas avec eux. La tête douloureuse, Ezra s'assit doucement. Ses amis firent la même chose. Ed grimaça en se massant le bras.

— Je suis mal tombé, je crois.

— Mais où sommes-nous ? s'exclama Betty. Et que nous est-il arrivé ?

— Où est William ? s'inquiéta Abigail.

Ed se mit debout et resta un moment immobile, le temps de calmer le tremblement de ses jambes. Il regarda autour de lui.

— Apparemment, nous sommes au milieu de nulle part.

Ezra sauta sur ses pieds et commença à faire les cent pas.

— Si je retrouve ce sorcier de malheur, gronda-t-il, je vais le…

— Tu vas quoi ? dit une voix derrière lui.

Tous se retournèrent vivement. William arrivait, les bras chargés de victuailles. Il avait l'air fatigué. La colère d'Ezra tomba, aussitôt remplacée par une cuisante culpabilité. Le jeune homme baissa la tête, penaud. Décidément, il n'en ratait pas une.

— Comme c'était votre première fois, reprit William, vous devez vous sentir un peu patraques. C'est tout à fait normal, car la téléportation n'est pas au goût de tout le monde. Néanmoins, elle reste le meilleur des transports. Les effets vont disparaître rapidement. Je me suis permis d'aller chercher de quoi reprendre des forces en attendant votre réveil !

Il déposa par terre du pain, des fruits, des noix et du jambon.

— Il y a un charmant petit village derrière cette colline, dit-il en désignant du doigt la direction de la bourgade. J'y ai trouvé tout ce dont nous avions besoin. Qu'est-ce que vous attendez ? Mangez ! Et ce n'est pas du poison ! ajouta-t-il à l'adresse d'Ezra qui rougit violemment.

— Où sommes-nous, William ? demanda Betty.

— À un mille à peine de Stonehenge. La téléportation n'est pas un pouvoir précis. À mes débuts, je me retrouvais souvent à des dizaines de milles de l'endroit où je voulais aller. Alors j'essayais de me télétransporter plus près et j'atterrissais encore plus loin. Mais je me débrouille assez bien maintenant ! termina-t-il avec un petit sourire.

Timidement, Ezra vint s'asseoir près de ses amis.

— Je suis désolé, dit-il à William.

Celui-ci regarda le jeune homme en silence puis dit :

— Ce n'est rien, mon ami. Tu es quelqu'un de fort et tu protèges ton entourage avec la hargne d'une mère louve. Tant que tes amis seront avec toi, ils seront en sécurité !

Ezra rougit à nouveau, mais de plaisir cette fois. Il s'attaqua avec voracité à la nourriture qu'avait rapportée William.

— Je pense qu'il ne nous faudra guère plus d'une heure pour atteindre Stonehenge, émit William. Il ne faudrait pas tarder. Finissez vite de manger et mettons-nous en route.

Ils terminèrent rapidement leur repas. Puis ils regroupèrent leurs affaires éparpillées et emboîtèrent le pas à William. Ils cheminèrent dans les landes. L'herbe était d'un vert profond avec, çà et là, des bosquets de bruyère violet parme à l'odeur entêtante. Ils marchèrent tranquillement, admirant les alentours, appréciant le silence de la campagne. Après Boston et Oxford, cela faisait du bien de se retrouver au milieu de nulle part. Abigail inspira à pleins poumons les volutes parfumées qui flottaient dans l'air. Salem lui manquait. Ezra lui prit la main. Il avait deviné les pensées de sa belle et pensait la même chose. Le soleil avait entamé sa lente descente vers l'ouest et la lumière devenait de plus en plus chaude. Quand au loin ils aperçurent un étrange cercle de monolithes immenses, l'émotion les submergea. Quelle merveille ! Inconsciemment, ils accélérèrent le pas pour arriver au plus vite. À quelques pas du site, William s'arrêta brusquement. Ed lui rentra dedans.

— Je crois que nous ne sommes pas seuls, signala William.

Ezra et Abigail plissèrent les yeux pour distinguer les traits de la personne qui se tenait devant une pierre. La jeune sorcière agrippa le bras d'Ezra.

— C'est Sally, souffla-t-elle.

Ezra jeta un coup d'œil à William qui s'était figé. Il avait également reconnu Sally.

— Que fait-on ? demanda Abigail.

Ed et Betty voyaient leurs amis réagir, mais ne comprenaient pas ce qui se passait. Ezra prit les choses en main : il attrapa Betty et Ed chacun par un bras et les éloigna. Abigail leur emboîta le pas. William ne bougeait toujours pas. Sally non plus.

— Vous pouvez nous expliquer ce qui se passe ? s'impatienta Ed.

— Je me demande si nous avons eu une bonne idée, dit Ezra.

Betty jeta un œil derrière elle.

— Mais c'est Sally ! s'exclama-t-elle. Pourquoi n'allons-nous pas lui dire bonjour ?

— Figure-toi, Betty, que le William que nous connaissons est le William de Sally ! annonça Abigail.

Les yeux exorbités, Betty s'écria :

— Quoi ?

— Vous pouvez m'expliquer ? intervint Ed.

Ezra résuma la situation :

— Sally et William étaient mariés à l'époque. Ils ne se sont pas revus depuis des années à cause de… d'un tragique événement. Quand nous avons découvert qui il était, Abigail et moi avons prévenu Sally pour qu'elle nous rejoigne, pensant que ce serait une belle surprise pour elle. Mais j'en doute un peu en ce moment…

— S'ils ne se sont pas vus depuis longtemps, ça ne peut que leur faire plaisir ! À moins qu'ils se soient séparés en mauvais termes…

— Ils ne se sont pas revus depuis la mort de leur fils…

Ed ne répondit pas.

— Mais pourquoi avez-vous fait ça ? s'enquit Betty. Vous auriez au moins pu leur demander leur avis.

— Trop tard. Maintenant que c'est fait, nous n'avons plus qu'à voir ce qui arrivera.

— Vous ne croyez pas que si nous faisions un grand détour pour éviter William et Sally nous pourrions aller observer ces pierres de plus près ? proposa Ed. Elles m'intriguent énormément.

— Allons-y !

Ils s'éloignèrent de plus en plus de William et de Sally qui s'étaient rapprochés l'un de l'autre. Ezra et ses compagnons prirent garde de ne pas leur jeter des regards curieux. Ils contournèrent finalement Stonehenge et se rendirent derrière les pierres suspendues. Le visage levé, ils s'extasièrent, impressionnés par la taille des monolithes. Ils restèrent un moment à admirer ces merveilles, se faufilant entre elles, leur tournant autour, dans un silence respectueux. Le soleil baissait de plus en plus, baignant l'endroit d'une sombre lumière orangée qui renforçait l'esprit des lieux. Quand William et Sally les rejoignirent, les quatre amis étaient dans un état d'hébétude avancé. Les yeux lumineux, Sally les serra un par un dans ses bras.

— Vous ne nous en voulez pas ? demanda finalement Abigail.

— Vous en vouloir ? dit Sally, la voix tremblante. Vous n'auriez pu me faire une plus belle surprise !

William s'approcha d'elle et lui passa un bras autour des épaules.

— Comment allez-vous, mes enfants ? reprit Sally. Cela fait si longtemps !

— Nous sommes à la recherche des pierres d'Éops, Sally, dit Ezra. D'après William, la dernière est ici. Si nous réunissons les cinq pierres, nous pourrons battre définitivement Tituba.

— Vous n'avez pas réellement besoin de mon aide, n'est-ce pas ?

— Nous savons quoi faire, répondit Abigail, mais nous avons pensé que ce serait une bonne idée que vous vous joigniez à nous ! Ça nous rappellerait des… des souvenirs !

Sally hocha la tête en souriant. Puis elle regarda Ed et Betty qui levèrent les mains en même temps.

— Nous n'étions au courant de rien !

Tout le monde éclata de rire.

— Alors, allons chercher cette pierre ! déclara Sally. Où se trouve-t-elle ?

— Harvey l'aurait enterrée au pied de la pierre des sacrifices, annonça William.

— La pierre des sacrifices ? s'étonna Ezra. Mais laquelle est-ce ?

— C'est une pierre qui mesure environ vingt-trois pieds. Elle fait partie des grands portails qui marquent l'entrée, au nord-est du site. C'est par là !

Tous suivirent William parmi les monolithes.

— Qu'est-ce que c'est que cet endroit ? demanda Betty. Par qui ces pierres ont-elles été installées ?

— On raconte que ce site aurait été créé par Merlin et le roi Aurelius Ambrosius en souvenir des trois cents Anglais massacrés par le terrible Irlandais Hengist et ses troupes, il y a fort longtemps. Cela fait partie des légendes du pays. On dit aussi que ces pierres proviennent de l'Irlande et que Merlin les a fait transporter en Angleterre par des géants.

— Des géants ? s'exclama Abigail. Mais ça n'existe pas !

— Comme les sorcières ! sourit William. Toujours est-il que cette place regorge d'histoires toutes plus magiques les unes que les autres. C'est une mine de renseignements sur le pays. Après, il faut savoir choisir entre la vérité et la fantaisie. Alors... La pierre des sacrifices devrait se trouver par là...

— À quoi ressemble-t-elle ? demanda Ezra.

— À un monolithe immense dressé vers le ciel !

— Alors ce doit être celle-là !

— Non, elle n'est pas assez haute !

William se pencha et fit le tour des pierres. À côté de l'une d'elles, il y avait un carré de terre sableuse où ne poussait aucune herbe. Il examina la base de la roche couchée.

— C'est celle-là !

— Mais vous avez dit qu'elle était debout.

— Elle a dû tomber. C'est celle-ci, j'en suis sûr !

Ils s'accroupirent tous autour de la base de la pierre. Comment savoir si elle était déjà tombée quand Harvey avait enterré son caillou ?

— Je vais peut-être vous servir à quelque chose finalement, se réjouit Sally. Poussez-vous un peu !

Elle se leva et ferma les yeux. La terre se mit à irradier d'une étrange couleur argentée.

— La pierre est sous le monolithe, déclara-t-elle.

— Comment le sais-tu ? interrogea William.

— Si un objet magique était enterré ici, une lueur rouge serait apparue autour de la terre. Comme il n'y en a pas eu, cela signifie probablement que la pierre est directement sous le monolithe.

Se tournant vers Betty, elle ajouta :

— Si je me rappelle bien, tu peux faire léviter des objets ?

— Je peux essayer ! Écartez-vous, au cas où le monolithe retomberait...

Betty plaça ses mains au-dessus de la pierre. Celle-ci se souleva de quelques pouces. La jeune fille parvint ensuite à la déplacer sur le côté. Puis le monolithe retomba lourdement.

— Je crois que je manque d'entraînement, dit Betty, essoufflée et le visage en sueur.

Sally refit briller la terre. Cette fois, une lumière rouge traversa le sol.

— La pierre est là ! Creusons !

Ils se mirent à quatre pattes et grattèrent la terre à pleines mains. Quelques minutes plus tard, Ezra cessa de creuser.

— Je l'ai ! s'écria-t-il en nettoyant la petite pierre blanche qu'il tenait. Ça y est ! Nous avons toutes les pierres !

À peine avait-il prononcé ces paroles qu'un puissant souffle d'air les fit tous tomber sur l'herbe, le souffle coupé.

— Qu'est-ce que c'était ? demanda Abigail sans se relever.

— Nous avons de la compagnie, je crois, dit William.

Devant la pierre des sacrifices se tenait une horde de fantômes armés jusqu'aux dents, l'air peu amène.

— Qui ose troubler notre repos ? tonna l'un d'eux.

— Qui sont ces créatures, William ? s'enquit Ezra.

— Ce doit être les Anglais massacrés dont j'ai parlé tout à l'heure. Et ils ne semblent pas contents du tout !

— Je l'avais remarqué, merci, se moqua Ezra.

— Nous ne voulions pas souiller ces lieux, dit William en s'avançant vers les guerriers, les mains devant lui en signe de paix. Nous venions simplement chercher un objet. Nous l'avons trouvé et nous allons repartir.

— Tout ce qui se trouve sur cette terre nous appartient.

— Je suis désolé, nous l'ignorions.

— Seuls les criminels s'approchent de la pierre des sacrifices.

— Nous ne sommes pas des criminels. Nous sommes des… voyageurs.

— Le dernier qui a touché à la pierre des sacrifices s'est enfui. Nous ne vous laisserons pas partir ! Mes hommes et moi avons le goût de la vengeance depuis des siècles.

— Mais nous ne sommes pas responsables de ce qui vous est arrivé. Nous n'existions même pas à ce moment !

L'homme ne répondit pas. Il fit un bref signe aux autres fantômes qui se déployèrent tout autour de William et de ses compagnons, coupant la moindre retraite.

— Qu'allons-nous faire, William ? demanda Betty, terrorisée.

Les Anglais dégainèrent en même temps des épées lourdes et grossièrement taillées. Cela produisit un son métallique désagréable qui fit grimacer Ezra. Celui-ci évalua les possibilités. Lui et ses amis ne pouvaient s'enfuir et une bataille était perdue d'avance : à six contre trois cents, c'était de la folie. Même avec des pouvoirs magiques. Et s'il ne se trompait pas, on ne pouvait tuer un fantôme.

— Que voulez-vous ? demanda William aux adversaires menaçants.

— Vengeance ! tonna le chef. Justice pour mes hommes et moi !

— Mais nous n'y sommes pour rien ! répéta William. Nous ne sommes pas des Irlandais. Nous ne venons même pas de ce pays. Ce serait injuste de votre part de vous attaquer à nous. Allons ! Avez-vous vu que nous ne sommes que six ? Que ferions-nous face à des hommes de guerre ? Ne salissez pas votre mémoire, je vous en conjure. Le pardon est impossible à trouver dans l'éternité.

— Savez-vous ce que c'est que d'être enfermé sous terre pendant des siècles ? De ne plus connaître la lumière ? De ne plus sentir l'eau de la pluie ? De ne plus goûter aux mets que nous aimions ? En somme, savez-vous ce que c'est qu'être mort ?

— Plus que vous ne le croyez, murmura William.

Abigail et Betty s'étaient agrippées l'une à l'autre, derrière Ezra et Ed qui faisaient face avec Sally et William à la horde de guerriers. Elles se déplacèrent finalement pour continuer la ligne de défense, dans l'espoir futile que tous ensemble ils impressionneraient les fantômes et que ceux-ci s'en iraient sans demander leur reste. Le soleil s'était couché et la nuit était grise. Bientôt, on n'y verrait plus rien. Abigail se demanda si les fantômes pouvaient voir dans le noir. Elle répertoria tous les pouvoirs qu'elle maîtrisait, ainsi que ceux de ses amis, pour voir s'ils seraient capables de se défendre, le cas échéant. Elle estima que non.

— Ce… ce n'est pas notre faute si vous avez été massacrés, dit-elle d'une voix timide. Nous ne devons pas payer pour les coupables.

— Vous n'avez que cet argument à la bouche ! s'indigna le chef des fantômes.

— Sans doute parce que nous avons raison, lança Ed.

— Vous manquez de respect à mes hommes et à moi-même !

William attrapa le bras d'Ed pour le tirer en arrière et l'enjoindre de se calmer. Mais le jeune homme bouillait, prêt à attaquer.

— Vous ne savez pas à qui vous avez affaire ! lâcha-t-il, un sourire carnassier sur les lèvres.

— Ed ! s'interposa Ezra. Je te rappelle que de nous tous tu es le plus vulnérable. Tu n'as aucun pouvoir !

— Je sais me battre !

— Ce sont des fantômes.

— Et je suis bien vivant !

— Justement ! Eux ne peuvent pas mourir, ils le sont déjà. Pas toi !

— Je n'en ai rien à faire !

— Nous n'avons pas envie de nous battre.

— J'ai l'impression que nous n'aurons pas le choix.

Les deux camps s'observèrent. Les guerriers fantômes rigolaient entre eux, se moquant des humains qu'ils allaient écraser.

— Sally ? lança William.

— Ça me paraît impossible !

— Souviens-toi, rétorqua-t-il. Ayel disait toujours que rien n'est impossible.

Sally regarda son mari en silence.

— Ils sont trop nombreux, murmura-t-elle. Et il va falloir que nous protégions tous Ed en plus de nous-mêmes.

— Je n'ai pas besoin d'être protégé !

— Ne dis pas de bêtises ! cria la sorcière de l'Alliance. Tu mourrais avant d'avoir mis un pied devant toi !

Ed se tut, surpris par la soudaine colère de Sally.

— Alors ? insista William.

— Nous n'avons pas d'autre choix.

12

Toujours entourés par les fantômes, les sorciers et Ed s'étaient mis en position d'attaque : ils s'étaient placés en cercle pour voir de tout côté. Le chef des guerriers les regardait, affichant un sourire cruel, et laissait planer le silence angoissant précédant toute bataille. Ezra sentait Betty frémir contre lui. Ce n'était plus de la peur ou de l'angoisse. Seulement l'avidité qu'elle ressentait de défendre corps et âme sa liberté et celle de ses amis. Après des mois d'oppression, aucun d'entre eux n'était prêt à abandonner facilement. La bataille serait rude, malgré leur manque flagrant d'effectifs. La tension était palpable. Ezra se rendit compte que le lieu pourrait être utile à lui et à ses amis. La disposition des pierres suspendues ne permettrait pas aux guerriers d'attaquer tous ensemble. Ils devraient se séparer en petits groupes. Cela n'assurerait certainement pas une victoire au groupe d'Ezra, mais cela leur faciliterait quand même la tâche et leur permettrait de tenir plus longtemps. Malgré tout, il y avait fort peu de chances qu'ils se sortent de ce guet-apens.

Ezra entendit un léger grésillement à sa gauche. En tournant la tête, il découvrit Abigail, dont les cheveux voletaient autour de la tête. Il n'y avait pas un souffle de vent. De l'extrémité de ses doigts jaillissaient de petits éclairs bleus. La jeune fille se chargeait d'électricité. Il ne put s'empêcher de ressentir une bouffée de fierté. Il espérait que sa bande et lui intimideraient quand même les fantômes. Mourir dans cette plaine ne faisait pas partie de ses plans, et il n'abandonnerait jamais la cause pour laquelle ses compagnons et lui se battaient. Après tout, personne ne devrait avoir à renoncer à sa liberté.

La nuit était maintenant tombée, mais les fantômes irradiaient d'une lueur blanche qui leur permettrait de voir sur le champ de bataille.

— Nous ne devons nous séparer sous aucun prétexte, lâcha William. Un seul d'entre nous perdu au milieu de ces fantômes et c'est la mort assurée. Compris ?

Un murmure d'assentiment lui répondit. Les pierres de Stonehenge ressemblaient, dans le noir, à des géants menaçants. Le lieu avait perdu de sa spiritualité, de son calme, pour devenir un endroit effrayant. Ed dégaina un poignard à courte lame qu'il avait sorti de sa chaussure. Il avait l'air déterminé et serrait de près Betty. William et Sally faisaient front et Ezra ressentait la force qui naviguait entre les deux anciens conjoints. Il se dit qu'étaient quand même réunis là les sorciers et les sorcières les plus puissants qu'il connaissait. Ce n'était pas rien. Ils avaient survécu à de nombreux dangers, à la mort et à Patton, l'inquisiteur diabolique. Il sortit enfin de ses pensées :

— Il nous faut trouver une façon de nous sortir de ce mauvais pas sans trop de dommages. Tu vois quelque chose, Ed ?

— Non. Mais j'ai une fulgurante envie de trancher du fantôme !

— Ed ! Tu ne te rends pas compte, je crois.

— Mon cher Ezra, je sais exactement à qui j'ai affaire. Et ils ne me font pas peur !

— Sally, comment pouvons-nous toucher les fantômes ? demanda Abigail.

— Les sorciers peuvent les blesser. Mais Ed ne pourra rien faire contre eux. C'est pourquoi nous devrons le protéger.

— Cela veut dire qu'il ne nous servira à rien ? demanda Ezra.

— Exactement, répondit Sally, gênée.

— Comment ça, je ne servirai à rien ? s'indigna Ed.

— Si tu ne peux pas les toucher, tu ne sers à rien, trancha Ezra. Alors ne nous cause pas d'ennuis et reste à couvert !

Ed grommela mais convint que son ami avait raison. Il se réfugia au centre du cercle et ses cinq amis se répartirent également autour de lui.

— Vous êtes prêts ? murmura William.

Le chef des Anglais dut comprendre que leurs adversaires se préparaient à attaquer car il lança un regard à ses hommes. Ceux-ci prirent position aussitôt.

— À L'ATTAQUE ! hurla-t-il.

Instinctivement, Ezra, William, Sally, Abigail et Betty se resserrèrent les uns contre les autres, coinçant Ed au centre. Au moment où les fantômes s'élancèrent, le temps se figea et ils furent stoppés en plein élan. Les sorciers regardèrent autour d'eux.

— J'en étais sûre ! s'écria Betty. C'est ma mère !

— Décidément, souffla Ed, elle arrive toujours au bon moment !

Rose Parris s'approcha du groupe, un doux sourire sur les lèvres. Elle embrassa brièvement Betty.

— Auriez-vous besoin de mon aide par hasard ? demanda-t-elle. Vous me semblez dans une fâcheuse position !

— Tu ne pouvais pas mieux tomber, maman ! Que pouvons-nous faire ? Ils sont trois cents !

— Je vais essayer de les raisonner.

Elle se plaça devant Betty et ses amis et érigea une muraille transparente qui les protégerait de l'attaque des guerriers. Lorsque le temps s'écoula à nouveau, tous les fantômes vinrent percuter violemment la barrière. Les lignes arrière se heurtèrent aux lignes avant, ce qui créa un véritable chaos dans l'armée ennemie. Furieux et humilié, le chef des fantômes se releva. Il fit face à Rose Parris qu'il toisa avec mépris.

— Vous paierez pour votre audace, gronda-t-il.

— J'aimerais vous proposer quelque chose, dit calmement Rose.

— Je n'ai que faire de vos propositions, sorcière ! cracha le chef. Il n'y a rien au monde qui pourra assouvir notre colère, notre soif de vengeance. Rien ne nous empêchera de verser le sang de ceux qui nous ont martyrisés.

— Vous savez que ce ne sont pas eux, les responsables… N'aimeriez-vous pas trouver le repos éternel ?

— Nous trouverons le repos lorsque justice sera faite.

— Écoutez ce que j'ai à vous dire. Après, vous prendrez une décision. Si vous souhaitez massacrer ces gens, je ne vous en empêcherai pas.

Abigail s'étrangla. Betty se pencha à son oreille.

— Elle ne pense pas ce qu'elle dit, voyons !

Abigail échangea un regard furtif avec Ezra qui avait haussé les sourcils. Il ne croyait pas Betty.

— Parlez, sorcière ! Mais faites vite ! Je ne retiendrai pas éternellement trois cents hommes dont la colère bout depuis des siècles !

— Je connais un moyen de vous faire quitter définitivement la terre des hommes.

Des exclamations de surprise jaillirent des troupes de fantômes. Des cris retentirent, un brouhaha diffus parcourut les rangs.

— SILENCE ! tonna leur chef.

Aussitôt, tous se turent, pétrifiés. Le fantôme s'approcha si près de Rose Parris que leurs nez se seraient touchés s'il n'y avait pas eu la muraille transparente. Il la fusilla du regard.

— Vous savez que si vous mentez je vous tuerai avant même que vous n'ayez pu cligner des yeux. Ne jouez pas avec moi, sorcière ! Ne jouez pas avec mes hommes !

— Je ne joue pas. Je fais partie des quelques esprits existants capables de traverser la frontière des deux mondes sans difficulté. Ce don m'a été offert par les autorités qui règnent sur le monde des morts. Je ne parle jamais à la légère. Je peux vous faire passer.

Le chef lui jeta un regard suspicieux.

— Et si vous dites vrai ?

— Je vous envoie, vous et vos hommes, de l'autre côté pour trouver enfin la tranquillité.

— Trois cents hommes ?

— Avec l'aide de Sally et de William, j'y parviendrai aisément.

— Je dois réfléchir.

Il lui tourna le dos et se rapprocha de ses troupes. Il se pencha sur l'homme à sa gauche et lui parla dans l'oreille. Plusieurs autres soldats vinrent se mêler à la conversation. Les sorciers n'entendaient pas ce que les fantômes se disaient. Betty s'approcha de sa mère.

— Tu ne pensais pas ce que tu as dit, n'est-ce pas, maman ?

— De quoi parles-tu ?

Betty parla plus bas encore.

— Tu as dit que s'ils décidaient de nous massacrer tu ne ferais rien. Tu ne le pensais pas, hein ?

— Ma chérie, il faut que tu saches que dans le monde des morts, comme dans l'entre-deux mondes d'ailleurs, il est impossible et inutile de mentir.

— Mais nous sommes chez les vivants !

— Mais mon esprit appartient à l'autre monde. Je ne peux pas mentir.

Abasourdie, Betty regarda sa mère. Sa propre mère la laisserait mourir !

— Tu es un monstre, souffla-t-elle.

— Tu ne peux pas comprendre, Betty. Ce n'est pas contre toi, ni contre tes amis ; c'est ce que je suis supposée faire.

— Commandé par qui ?

— Les instances de mon monde ! Mes ordres sont clairs. Et je n'agis pas seule, car je n'en aurais pas la force.

— Alors tu m'as trouvée parce qu'on t'y avait obligée ?

— Non. Mes supérieurs m'ont autorisée à te retrouver lorsque je l'ai demandé.

Betty n'en revenait pas. Avant qu'elle puisse rétorquer quoi que ce soit, le chef des guerriers revint.

— Nous avons pris notre décision, déclara-t-il.

— Quelle est-elle ? demanda calmement Rose Parris.

— Nous avons décidé de vous faire confiance. Nous n'avons, de toute façon, plus rien à perdre.

— C'est une sage décision! Vous avez purgé une peine beaucoup trop longue sur terre. Il est temps que vous soyez récompensés. Regroupez vos hommes!

Elle se retourna brusquement pour faire face à Sally et à William qui avaient suivi silencieusement les événements.

— Vous êtes prêts? leur demanda-t-elle.

— Prêts? s'exclama William. Mais à quoi? Nous n'avons aucune idée du sort dont vous parlez!

— Je vais vous l'apprendre. Venez avec moi.

Rose s'éloigna, le buste droit, la tête haute et la démarche martiale. Sceptiques, Sally et William la suivirent. Ils traversèrent les troupes transparentes et disparurent derrière elles. Ezra, Abigail, Betty et Ed se retrouvèrent seuls au milieu des soldats fantômes. Le temps sembla s'étirer tandis que le silence reprenait ses droits dans la plaine. Les amis sentaient la fatigue poindre. Betty se laissa tomber sur le sol. Abigail la rejoignit aussitôt. Les deux garçons campaient sur leurs positions, en alerte.

Quand Rose revint avec Sally et William, la lune était haute dans le ciel.

— Nous sommes prêts, annonça Rose au chef des fantômes. Regroupez vos hommes. Nous vous ferons partir par petits groupes.

— Comment saurons-nous si vous nous avez bernés ?

— Vous ne le saurez pas. Il faut que vous me fassiez confiance.

— Je peux vous assurer qu'elle ne ment pas, grinça Betty.

— Allez-y, lâcha le chef.

Il répartit ses hommes en groupes de quinze. Rose désigna à Sally et à William ceux dont ils devraient s'occuper. Malgré leur air déterminé, il était clair que le sortilège que Rose venait de leur apprendre était redoutable. Ezra s'approcha de William.

— Qu'arrivera-t-il si vous échouez ? Si le sort ne marche pas ?

— Ce sera nous qui nous retrouverons dans le monde des morts.

Ezra soupira. Il retourna vers ses amis.

— Je trouve ta mère étrange, Betty.

— Et moi donc ! répondit-elle. Je ne sais pas si nous devons lui faire confiance.

— Je crois que c'est trop tard, fit remarquer Ed.

Au moment où il disait cela, les vingt hommes qui se tenaient devant Rose devinrent de plus en plus transparents puis explosèrent en une myriade de bulles d'air. Le spectacle, irisé par la pleine lune, était magnifique. Sally prit son courage à deux mains, et ses amis la virent baisser la tête, les yeux crispés, puis psalmodier des paroles inintelligibles. Abigail eut l'impression d'entendre Tituba, la première fois qu'elle l'avait surprise dans la forêt. Les hommes du groupe de Sally se dispersèrent comme les autres dans les airs. Elle releva la tête en souriant, le front mouillé de sueur. William essaya à son tour. Il réussit aussi. Rose, Sally et lui allèrent de groupe en groupe et les firent disparaître un à un. Il ne resta bientôt que le chef des fantômes qui avait observé avec appréhension ses compagnons s'évaporer.

— C'est votre tour, dit Rose, doucement. Votre honneur est sauf. En partant après tous vos hommes, vous avez montré votre courage et votre droiture. Pour vous prouver ma sincérité, laissez-moi vous aider à partir.

— Sorcière, si je parviens à trouver le repos, comme vous me l'avez promis, alors je me serai trompé sur vous et je m'en excuse, dit humblement le chef.

— Vous êtes tout pardonné, seigneur. Votre calvaire prend fin aujourd'hui.

Le fantôme ferma les yeux et Rose tendit les mains vers lui. L'homme se dispersa aussitôt. Dans un beau tourbillon, il s'envola dans les cieux nocturnes. Rose le regarda longtemps, jusqu'à ce qu'elle ne puisse plus distinguer les particules. Elle tomba soudain à genoux, épuisée. Betty se précipita vers elle.

— Ça ne va pas ? s'écria-t-elle.

— Un peu de fatigue, c'est tout.

La peau de Rose était pâle et elle avait les traits tirés. Elle posa ses mains sur la terre et se pencha en avant, cherchant son souffle. Betty retint les cheveux de sa mère en arrière. Rose resta longtemps ainsi. Tous se tinrent autour d'elle sans savoir quoi faire. Quand Rose se releva, elle avait repris des couleurs mais ses yeux étaient vitreux.

— Je ne vais pas pouvoir rester plus longtemps, dit-elle d'une voix faible. Avez-vous trouvé ce que vous cherchiez ?

Ezra hocha la tête et sortit de sa poche les cinq pierres d'Éops réunies. Sous les rayons de la lune, elles se mirent à étinceler.

— Alors vous savez quoi faire désormais…

— Est-ce que tu reviendras me voir ? demanda Betty.

— Je ne sais pas si je pourrai encore franchir la frontière, Betty. Je perds mes forces, je n'ai plus assez d'énergie. J'ai passé trop de temps dans votre monde. Peut-être reviendrai-je… Mais tu ne seras plus si jeune.

Betty étouffa des sanglots.

— Je te demande pardon de t'avoir traitée de monstre. Je ne voulais pas dire ça. Je ne le pensais pas.

— Je le sais, ma fille. Ne pleure pas. Je ne disparais pas vraiment.

Puis elle se tourna vers Ed, à qui elle lança d'une voix faussement menaçante :

— Et toi, prends soin de ma fille ou je le saurai. Et tu n'auras plus jamais envie de t'endormir après.

Ed sourit doucement et hocha imperceptiblement la tête pour rassurer Rose.

— Merci pour tout, Rose, dit Sally en lui prenant la main. Nous avons beaucoup appris grâce à vous !

— Prenez soin d'eux…

— Rose ! s'écria Ezra. Aidez-nous une dernière fois, s'il vous plaît. Dites-nous où nous devons nous rendre maintenant !

— Ezra ! s'indigna Betty.

— Trouvez Tituba ! Elle est là où tout a commencé…

Et Rose disparut comme les fantômes avant elle. Betty cria comme un animal blessé. Abigail serra sa cousine dans ses bras.

— Je suis désolée, Betty, murmura Sally.

Ed prit la relève d'Abigail et parla doucement à l'oreille de Betty jusqu'à ce que celle-ci se calme.

— Où tout a commencé… dit Ezra doucement. Où tout a-t-il commencé ? Elle serait encore à Salem ? interrogea-t-il.

— Impossible ! décréta Abigail. Nous l'aurions su et elle aurait eu tout le temps pour nous faire du mal. Non, elle est ailleurs, c'est certain.

— Parlez-moi d'elle, demanda William.

Betty raconta :

— Tituba est une sorcière très puissante qui est venue à Salem pour se venger. Quand elle était petite, sa mère, Abena, a été enlevée pour devenir l'esclave de la famille de Patton, le chef des inquisiteurs. Un jour, le jeune Patton a fait une bêtise, et au lieu de se dénoncer, il a accusé sa nourrice, Abena. La malheureuse a été fouettée à mort par le père de Patton. Tituba l'a appris, on ne sait comment, et elle n'a cessé de réclamer vengeance. Elle a tout détruit sur son passage, ne vivant que pour cette rencontre.

— Est-elle parvenue à se venger ?

— Elle n'a pas eu le temps de tuer Patton…

William réfléchit à l'histoire qu'il venait d'entendre.

— Comment est-elle devenue sorcière ?

— Une vieille dame de son village lui a tout appris. Elle semblait éprouver un grand respect pour cette Man Yaya.

— Cela ne nous aide pas à comprendre ce qu'a voulu dire la mère de Betty ! s'impatienta Ezra.

Betty lança un regard noir au jeune homme.

— Tu ne peux pas penser à autre chose qu'à ta quête ? lui demanda-t-elle, hargneuse.

— Eh bien non, je ne peux pas ! Pendant que nous sommes là à bavarder, Tituba peut être n'importe où. Y compris à Salem où nous avons laissé Emma seule. Dois-je te rappeler que la petite a failli mourir par la faute de Tituba ? Plus vite nous découvrirons où la sorcière se cache, plus vite nous serons rentrés. Et Emma sera en sécurité. Il n'y a rien d'autre qui m'importe. Je suis désolé pour ta mère. Sincèrement !

Mais l'an passé, nous avons attendu la fin de la guerre pour pleurer nos morts. Ce sera la même chose pour moi aujourd'hui.

Betty ne répondit rien.

— D'où vient-elle ? demanda William.

— Qui ça ? dit Ezra, excédé.

— Tituba ! D'où vient-elle ?

— De la Barbade.

13

Ils avaient trouvé une auberge pour passer la nuit dans le petit village de Strangways, à quatre milles à peine des pierres suspendues. William et Sally s'étaient rapidement éclipsés, presque aussitôt suivis par Betty et Ed qui bâillaient à s'en décrocher la mâchoire. Abigail était aussi fatiguée et elle réussit à forcer Ezra à monter se coucher. Dans la chambre, le jeune homme était tellement excité qu'il ne tenait pas en place et faisait les cent pas. Il éloignait la chaise du bureau et la replaçait, s'assoyait sur le lit, bondissait jusqu'aux rideaux qu'il écartait brusquement, fouillait dans son sac et prenait dans sa main les pierres d'Éops. Il ne cessait de les regarder. À un moment donné, il les étala sur le lit et les observa attentivement. Abigail vint se pencher par-dessus son épaule.

— C'est incroyable que de si petites choses soient aussi puissantes…

— Emma est comme elles !

Les pierres brillaient faiblement. Polies à la perfection, elles ne présentaient aucun défaut à part les initiales des cinq amis gravées par eux sur leur pierre.

— Tu ne te souviens pas du moment où vous avez trouvé ces pierres ? demanda Abigail.

— Pas du tout.

— Les avez-vous toujours eues ?

— Je crois que oui. Mais je n'en suis pas sûr. Je me souviens seulement que nous étions constamment à la recherche de jeux que l'on pourrait équitablement partager entre nous. Mais nous étions trop nombreux. Alors nous ne gardions jamais ce que nous trouvions. Mais c'était une chance d'avoir une pierre pour chacun d'entre nous. Et puis, elles étaient assez petites pour les dissimuler et suffisamment symboliques pour représenter un serment éternel. Nous les avons sans doute trouvées à Crackwick. Mais où exactement ?

Pensif, Ezra caressa les pierres blanches.

— C'est étrange, je trouve, souffla-t-il.

— Quoi ?

— Toutes ces coïncidences ! Enfant, j'ai été en contact avec des pierres magiques sans le savoir et je suis devenu un sorcier. Tituba a atterri chez les Parris, elle vous a enseigné, à Betty et à toi, la sorcellerie. Mais dans votre sang, il y avait déjà de la magie.

— Betty a hérité des dons de sa mère. Moi, je ne sais pas.

— Abi, tu es en train de devenir plus puissante que Betty. Tes pouvoirs se développent chaque jour. Il y a eu des sorcières dans ta famille, j'en mettrais ma main à couper.

— Je ne le saurai jamais.

— Nous chercherons, un jour.

Ezra embrassa la jeune fille.

— Je n'en reviens pas que nous partions pour la Barbade demain, dit Abigail. Nous aurons fait un incroyable voyage en bien peu de temps ! J'espère qu'après ça tout sera terminé.

— Je l'espère aussi.

Ils éteignirent finalement la lumière et se couchèrent. Le lendemain matin, ils retraverseraient l'océan mais, cette fois, William s'occuperait de tout. Bien que personne n'eût apprécié sa première expérience de téléportation, cela restait le moyen de transport le plus rapide. C'est pourquoi ils avaient accepté de répéter l'expérience.

Après tous les événements survenus et le manque de sommeil, chacun avait besoin d'une bonne nuit de repos. Le voyage serait long, mais comme Ed l'avait expliqué, lors de la traversée, le temps reculerait. C'était donc inutile de partir trop tôt. Ils se réveillèrent donc tard dans la matinée et arrivèrent dans la grande salle à manger pour le repas du midi, qu'ils avalèrent goulûment.

— Je suis vraiment séduite par la gastronomie des Anglais, lâcha Betty, la bouche pleine. C'est délicieux !

— Je ne trouve pas ça très différent de chez nous, observa Abigail.

— Précisément !

Les deux filles éclatèrent de rire.

— La Barbade est à près de cinq mille milles d'ici, fit remarquer William. C'est une sacrée traversée.

— Tu ne penses pas pouvoir tous nous y emmener? demanda Sally.

— Si, bien sûr. Mais l'atterrissage risque d'être douloureux pour vous. Vous avez vu l'état dans lequel vous étiez après une téléportation sur une courte distance? Cela n'aura rien à y voir. Et les effets non plus.

Tous haussèrent les épaules. Ils n'avaient pas le choix et personne ne voulait voler de nouveau dans l'air glacial de l'océan.

— Nous partirons après avoir fini de manger, décida Ezra. Combien de temps prendra le trajet, William?

— Deux minutes au grand maximum.

— Incroyable! C'est parfait. Plus vite nous y serons, plus vite se terminera cette histoire.

— Par contre, je ne sais pas combien de temps vous resterez inconscients.

— Cela a-t-il duré longtemps hier?

— Environ une petite demi-heure.

Ezra grimaça. Une demi-heure pour quelques milles…

— Il faudra que tu fasses en sorte de nous faire atterrir dans un endroit où nous serons en sécurité, déclara Sally.

— C'est évident. Ne t'inquiète pas.

Puis il s'adressa aux cousines Parris et à Ezra :

— Vous ne savez pas où se trouve le village de Tituba, n'est-ce pas ?

— Je crois me rappeler qu'elle nous parlait de Dunscombe comme de l'endroit où elle avait grandi, hasarda Abigail. C'est peut-être dans ces environs.

— Ce village se trouve à l'ouest de l'île, dit William.

— Avez-vous toute la géographie du monde dans la tête ? s'exclama Ed. C'est extraordinaire, vous savez toujours où les endroits nommés se trouvent !

— J'ai beaucoup étudié, jeune homme. Et je me suis toujours intéressé aux lointaines contrées.

Après le repas, chacun remonta dans sa chambre pour empaqueter encore une fois ses affaires. Tous se retrouvèrent dans le hall, payèrent l'aubergiste, le saluèrent et empruntèrent un chemin de terre qui s'enfonçaient dans les plaines. William voulait trouver un endroit à l'écart du village pour procéder. Lui et ses compagnons marchèrent un moment sous un soleil pâle étouffé par de lourds nuages. Quand William s'arrêta, ils étaient au milieu de nulle part. Sally s'envola pour observer les alentours. Il n'y avait pas âme qui vive, seulement de la pierre, des bruyères et l'aura mystérieuse de cette île perdue au milieu des eaux.

— Tenez-vous les uns aux autres, ordonna William.

Ils obéirent et se tinrent par les bras, formant un cercle au centre duquel le sorcier avait pris place. Après que William eut fermé les yeux, tous se sentirent désagréablement aspirés. Puis tout devint flou.

Ezra, Abigail, Betty et Ed reprirent conscience, la tête douloureuse. Sally et William étaient déjà en train de repérer les lieux. Ezra avait l'impression d'avoir été piétiné par une horde de chevaux en colère. Betty et Abigail étaient pâles et Ed grimaçait en frottant ses membres endoloris.

— Quelle torture ! grogna-t-il. Vous n'avez rien senti, Sally ?

— William nous téléportait tellement souvent lorsque nous étions jeunes que je m'y suis habituée. Mais je comprends. La première fois a été terrible. Je croyais que je n'arriverais plus jamais à me relever.

— Combien de temps sommes-nous restés inconscients ? demanda Abigail.

— Quelques heures, répondit William. Mais nous avons encore du temps ! s'empressa-t-il d'ajouter devant la mine déconfite d'Ezra.

— Bienvenue à la Barbade ! s'exclama Sally. Il fait une de ces chaleurs !

Effectivement, le temps était lourd et humide. Ils avaient atterri à l'intérieur d'une mangrove et les arômes parfumés de la nature s'exhalaient de la terre tropicale. Les plantes étaient d'un vert profond et des fleurs inconnues jusqu'alors avaient éclos çà et là dans des éruptions de couleurs criardes.

— C'est magnifique ! souffla Betty. Je n'ai jamais rien vu d'aussi beau !

— Si je ne me trompe pas, dit William, Dunscombe se trouve par là.

Il indiqua le nord.

— Nous allons devoir nous frayer un chemin dans cette jungle ? s'inquiéta Abigail. Ces lieux doivent regorger d'animaux sauvages. Ne devrions-nous pas sortir d'ici ? Ou au moins survoler cette forêt ?

— Abi a raison, dit Ezra. Nous nous repérerons mieux ainsi. Je propose de nous envoler. Nous ne sommes pas très loin, n'est-ce pas, William ?

— À quelques milles à peine.

— Alors accrochez-vous tous à Abigail et à moi !

— Merci, Ezra ! dit Sally. Mais William et moi pouvons voler seuls !

Elle s'envola sur ces mots. Tous la suivirent et ils franchirent la canopée en évitant les larges feuilles et les lianes qui pendaient. Ezra les emmena assez haut pour qu'ils puissent avoir une vue sur toute l'île. La Barbade, qui n'était pas une très grande île, était magnifique vue du ciel. C'était un havre naturel sur lequel les vagues de l'océan venaient se briser. Aux abords des côtes, l'eau était si claire qu'on voyait à travers. De larges bandes de sable blanc entouraient l'île. Celle-ci semblait déserte. Elle était en grande partie recouverte de forêts épaisses et impénétrables, et des collines vallonnaient sa surface.

— Par ici ! cria William au loin.

Ezra et les autres cessèrent leur observation. Ils rejoignirent Sally et William.

— Voilà Dunscombe, annonça William en montrant un endroit perdu dans la forêt.

— Vous en êtes sûr ? demanda Ed, sceptique. Il n'y a rien là-dessous.

— Le village est dans la mangrove.

— Alors, allons-y !

Tous piquèrent droit dans la direction indiquée par William et transpercèrent la voûte des arbres. Ils atterrirent un peu à l'écart du village pour ne pas créer de mouvements de panique. Se frayant un chemin dans la jungle, ils pénétrèrent dans le village, le cœur battant. Ils approchaient de la fin. Ezra serrait dans sa poche les pierres d'Éops. Leur contact le rassurait. À peine les voyageurs avaient-ils marché un peu qu'ils arrivèrent sur une place ronde autour de laquelle se trouvaient plusieurs petites maisons en chaume. Ils regardaient autour d'eux, en alerte. Le village semblait désert, mais ils avaient appris avec Tituba à se méfier du calme et du silence car avec elle cela présageait toujours la tempête. Un bruissement leur fit tourner la tête. Ils figèrent sur place : des dizaines de villageois sortaient des habitations. Visiblement, ces derniers n'étaient pas contents d'avoir de la visite.

— Voilà le comité d'accueil, murmura William. Nous aurions dû nous en douter.

Les villageois tenaient des armes de toutes sortes : des fourches, des pelles, de vieilles épées rouillées, des massues… L'air menaçant, ils s'approchèrent des sorciers et d'Ed.

— J'ai une impression de déjà-vu, souffla Ezra.

— Ces villageois n'ont pas de pouvoirs magiques, dit William. Nous pourrons nous en occuper, Sally et moi. Toi, Abigail, Betty et Ed, allez trouver Tituba. Elle ne doit pas être loin. Elle sait que vous êtes là. Faites attention à vous. Elle n'est sûrement pas enchantée que vous l'ayez poursuivie jusqu'ici.

William et Sally se placèrent devant leurs amis et lancèrent en même temps un sortilège d'air qui coupa la horde de villageois en deux, ce qui créa une brèche dans laquelle Ezra et ses compagnons s'engouffrèrent en courant. Ils avaient déjà traversé le village entier et s'étaient retrouvés à nouveau dans la jungle avant que les Barbadiens n'aient pu se relever, sonnés par le souffle. Un chemin de terre sillonnait la mangrove. Les deux couples décidèrent de le suivre, faute d'une meilleure idée. Prudemment, ils marchèrent en silence, écoutant les oiseaux qui pépiaient et les feuilles qui bruissaient doucement. Ezra ouvrait la marche ; Ed se trouvait derrière lui. Le chemin était traître, plein d'écueils. Et les amis ne distinguaient pas ce qui pouvait se trouver au-delà d'une courbe, ce qui les obligeait à avancer lentement, tous les sens aux aguets.

— Vous pensez vraiment que c'est par là ? demanda Betty.

— Maintenant que nous avons parcouru une bonne distance, autant aller jusqu'au bout, dit Ezra. Nous verrons bien où cela nous conduira.

Un craquement retentit, faisant sursauter les promeneurs. Ils se tournèrent en direction du bruit et essayèrent de voir entre les larges feuilles de la jungle. Ezra reprit la marche et les autres le suivirent. Les filles n'étaient pas rassurées et se retournaient sans cesse, ayant l'impression d'être suivies ou épiées. Le chemin s'arrêta net devant une petite cabane, juste après un tournant. Instinctivement, Ezra recula, rentrant dans Ed.

— Qu'y a-t-il ? demanda celui-ci, angoissé.

— Rien, rien. J'ai cru…

— Il n'y a personne, dit Betty. Allons voir ce qui se trouve dans cette cabane. Cela nous renseignera peut-être sur l'identité de la personne qui y vit.

— Cela ne vous rappelle rien ? dit Abigail, la gorge serrée.

— Quoi ?

— Cet endroit, cette petite maison… J'ai l'impression de connaître tout ça.

— Mais tu n'es jamais venue ici !

Téméraire, Betty s'approcha de l'entrée et passa la tête à l'intérieur de la masure. Ezra et Abigail la suivirent de près. Ed resta en arrière, regardant tout autour. Les trois sorciers pénétrèrent dans la cabane. Une bougie brûlait encore ainsi que des bâtons d'encens à l'odeur entêtante. Des grimoires aux couvertures noires s'entassaient dans un coin. Une gamelle de riz était posée à côté d'un matelas en mauvais état. Il n'y avait pas de table, pas de chaises. La personne qui habitait là vivait simplement.

— Je connais ce lieu, souffla Abigail.

Elle sentait l'angoisse monter et se maudissait de ne pas se souvenir. Quelque chose lui faisait peur. Elle avait un mauvais pressentiment.

— Abigail, dit Ezra doucement, si tu sais où nous sommes, il faut que tu nous le dises tout de suite. Je n'aime pas ça.

Abigail ferma les yeux.

— Je sais ! s'écria-t-elle. C'est la cabane de Man Yaya !

Ezra et Betty sursautèrent.

— Quelle déduction ! siffla une voix à l'extérieur de l'habitation. Ma chère Abigail, tu as toujours été si intelligente et pourtant tellement lente. Je suis ravie de vous revoir, mes enfants.

Dans l'embrasure de la porte, à contre-jour, se trouvait Tituba, le visage plus sombre que jamais, les yeux fous. Elle tenait Ed serré contre elle, lui ayant passé un bras en travers du cou. Le pauvre jeune homme manquait d'air.

— Vous avez l'air épuisés, mes enfants, susurra la Barbadienne. Auriez-vous fait un long voyage pour me retrouver ?

Ezra et les filles ne répondirent pas. Ed gigotait pour se libérer, mais Tituba avait une poigne de fer.

— Vous avez effrayé mes amis, continua-t-elle. Mais je vois que, pour une fois, vous avez fait preuve d'ingéniosité et avez amené des renforts avec vous. Ou peut-être est-ce un concours de circonstances ? ajouta-t-elle, un horrible sourire lui barrant le visage. En quoi puis-je vous être utile ?

Ezra se déplaça légèrement sur la droite. Tituba surprit son geste ; elle envoya au garçon un poing d'air qui lui coupa le souffle.

— N'oublie pas, mon jeune ami, que je t'ai tout appris ! Absolument tout ! Et que tu es impuissant contre moi !

Elle éclata d'un rire sonore.

— Un sorcier qui ne peut pas m'atteindre, un jeune homme incapable de faire le guet et deux sorcières plus émotives que guerrières. Je suis gâtée ! Vous êtes tellement stupides ! Pensez-vous vraiment que j'aurais laissé cet endroit sans protection ? La cabane est pleine de sortilèges !

Ezra se précipita sur elle, mais ne réussit pas à franchir la porte. Il ricocha sur une barrière invisible et retomba en arrière. Un éclair s'échappa de l'ouverture de la porte et se précipita sur Ed qui n'eut pas le temps de fermer les yeux. Touché de plein fouet, il se mit à hurler. Betty voulut le rejoindre ; elle non plus ne parvint pas à traverser le chambranle. Tituba laissa tomber Ed par terre. Il atterrit sur le côté et se mit à se frotter les yeux.

— Celui-là ne nous embêtera plus, lâcha Tituba.

Betty sentit monter en elle une colère comme elle n'en avait jamais connu. Elle s'avança doucement vers Tituba et passa la porte comme si rien ne pouvait l'en empêcher. Tituba laissa échapper une exclamation de surprise. Abigail et Ezra la suivirent aussitôt et se tinrent face à la Barbadienne pendant que Betty se penchait sur Ed.

— Je ne vois plus rien, gémit-il.

— Ne t'inquiète pas, dit Betty, la voix entrecoupée de sanglots, nous te soignerons.

Elle l'emmena à l'écart, sous le regard sarcastique de la sorcière noire.

— Comme c'est touchant ! ricana cette dernière.

Betty vint rejoindre Abigail et Ezra. L'air menaçant, les trois jeunes sorciers se rapprochèrent de leur ennemie.

— Qu'est-ce que vous croyez ? gronda Tituba. Que je vais me battre contre vous ? Vous n'êtes rien, alors quittez mon île pendant qu'il en est encore temps !

— Nous ne pouvons pas laisser une sorcière comme vous dans le monde, dit Ezra. Vous êtes une menace !

Tituba éclata d'un rire tonitruant.

— Et que comptez-vous faire ? demanda-t-elle. Je ne vous ai donc rien appris ? Vous ne savez pas que je pourrais vous écraser là, maintenant, en quelques secondes. Vous n'auriez même pas le temps de réagir !

— Essayez toujours, répondit Abigail.

— Je suis soufflée ! railla Tituba. La petite prude d'Abigail commence à avoir du répondant ! Malheureusement, ça ne te sauvera pas ! Ni toi ni Emma !

À ce nom, la jeune fille bondit sur la Barbadienne. Un éclair, suivi d'une épaisse fumée noire, la fit reculer. Elle se retourna brusquement vers Ezra qui leva les mains pour indiquer qu'il n'avait rien à voir avec cette fumée. Quand le brouillard se fut dissipé, ils constatèrent sans surprise que Tituba avait disparu. Ezra soupira.

— Nous reviendrons demain, déclara-t-il. Elle ne nous échappera pas longtemps.

Un éclat de rire résonnant comme le tonnerre leur parvint de sous les branchages. Ils restèrent aux aguets un moment, prêts à parer toute tentative d'attaque. Mais si Tituba se trouvait dans les environs, elle n'avait pas l'intention de leur faire de mal.

— Emmenons Ed auprès de William et de Sally, dit Betty. Ils sauront quoi faire !

Ezra souleva son ami et passa le bras d'Ed autour de ses épaules. Malhabile, Ed avançait à petits pas précautionneux. Quand les quatre amis sortirent de la mangrove, ils découvrirent tout un spectacle : Sally et William avaient enfermé les villageois dans une immense bulle transparente. Les Barbadiens s'énervaient, essayant tant bien que mal de percer les parois de la bulle. Quand Sally vit arriver Ezra qui portait à moitié Ed, elle se précipita sur eux. Ezra lui raconta brièvement ce qui était arrivé. Sally fit asseoir Ed et regarda ses yeux. Le contour avait fortement rougi et l'iris disparaissait sous un voile terne. Sally marmonna un instant quelques mots autour d'Ed, se penchant, observant. Quand elle se releva, elle dit d'une voix basse :

— Je suis désolée. Ce sort est irrémédiable…

Betty éclata en sanglots.

14

— Ezra, c'est de la folie de vouloir attaquer de nuit ! s'exclama Sally. Tituba est plus puissante que nous en pleine lumière, elle le sera aussi dans le noir !

— Ce n'est pas sûr ! Nous aurons tous le même handicap.

— Mais elle est plus forte ! protesta Abigail.

— Nous devons essayer ! contra Ezra. Sinon je ne vois aucune autre solution.

Les sorciers s'étaient installés près d'une des maisons de la place et avaient déniché de quoi manger. William avait allumé un feu et Ezra, comme au temps de la guerre, était parti chasser. Il n'avait ramené que quelques étranges écureuils dont la chair était néanmoins très tendre et goûteuse. Abigail et Sally étaient allées ramasser des fruits et des baies. Ils s'étaient préparé un véritable festin, mais l'ambiance était morose. Ed était assis un peu plus loin, voûté, les yeux bandés avec un morceau de tissu. Betty lui tenait la main et l'aidait à manger. Le garçon n'avait pas arrêté de plaisanter à propos de sa nouvelle cécité. Betty avait bien essayé d'en rire avec lui ; cependant, elle ne pouvait s'empêcher de pâlir dès qu'elle le regardait. Abigail avait voulu la rassurer, lui disant qu'ils trouveraient une solution une fois de retour dans leur pays. Betty avait faiblement acquiescé, mais elle ne se faisait pas d'illusions. Si Sally et William n'avaient rien pu faire, alors Ed resterait aveugle. Il faudrait s'y habituer. Elle maudissait Tituba et rêvait de l'étrangler à mains nues, de la faire souffrir autant qu'elle avait fait souffrir des dizaines de personnes autour d'elle, de venger enfin toutes les personnes qu'elle avait tuées.

— Je suis d'accord avec Ezra, dit Betty d'une voix sourde. Notre meilleure chance est de l'attaquer de nuit.

— Je ne comprends pas pourquoi vous ne voulez pas attendre le matin ! s'exclama William. Vous prendrez des risques inutiles !

— J'aimerais être loin d'ici au matin, répliqua Betty. Je voudrais rentrer chez moi demain.

— Je comprends bien, Betty. Mais ce n'est pas une bonne idée de nous jeter ainsi dans la gueule du loup. Si nous nous précipitons, nous échouerons.

— Nous attaquerons cette nuit ! trancha Ezra.

Étonné par le ton d'Ezra, William se tut.

— Qu'allons-nous faire d'Ed ? demanda timidement Abigail.

— Je resterai ici, proposa Ed. Je pourrais surveiller vos affaires !

Il éclata de rire, bientôt suivi par tout le monde, sauf Betty.

— Nous ne pouvons pas te laisser seul ! protesta-t-elle.

— Betty, je t'accorde que je suis diminué par ce petit inconvénient. Je n'ai cependant pas besoin d'une mère. Je me débrouillerai tout seul. Toi, va sauver le monde !

Ed arracha un sourire à Betty qui l'embrassa sur la joue. Ezra et Sally s'installèrent à part pour discuter de la meilleure tactique à adopter pour venir à bout de Tituba.

— Les pierres d'Éops doivent être en contact avec la lumière de la lune pour agir, dit Ezra.

— Mais si nous sommes en pleine forêt, cela risque d'être compliqué.

— L'un de nous parviendra à écarter les branchages sans problème.

— Je te trouve très confiant…

— Je veux en finir. Ce soir. Nous attaquerons Tituba de partout, lui lançant en bloc les sortilèges que nous connaissons. Elle ne pourra pas tous les éviter. Pour ma part, comme je ne suis d'aucune aide contre elle, j'assurerai votre défense. Je vous protégerai de sa riposte.

Sally hocha la tête. Le soleil déclinait et la tension montait.

— Les pierres doivent être disposées d'une façon spéciale, énonça Sally. Tu le savais ?

— Oui, je crois m'en souvenir. Pouvez-vous me montrer comment ?

Sally prit les pierres des mains du jeune homme et les posa sur le sol. Elle plaça quatre pierres pour former un carré et mit la cinquième au centre.

— Les rayons de la lune doivent toucher celle du milieu. Il te faudra être précis et rapide.

Ezra acquiesça. La partie serait serrée. Les sorciers et Ed attendirent en silence que la nuit tombe. Seul le crépitement du feu résonnait dans le noir. Ils apercevaient au loin les villageois qui avaient arrêté de se débattre dans la bulle d'air. La plupart s'étaient endormi. Sally avait voulu les relâcher, mais William avait refusé qu'elle le fasse avant qu'ils quittent le village. Tituba leur donnerait assez de fil à retordre. Quand Ezra se leva, tous surent que c'était le moment de partir. Betty installa Ed près du feu, puis les sorciers se dirigèrent vers le chemin de terre. Ils s'y engagèrent prudemment, jetant des coups d'œil de tout côté sans parvenir à percer la végétation insondable. Sous les arbres, aucune lumière ne filtrait. Ezra regarda en l'air. Il lui faudrait écarter un épais rideau de branchages pour que la lune puisse traverser. Ils arrivèrent devant la cabane de Tituba. Une lueur vacillante était visible de la porte ouverte. La sorcière était chez elle, s'éclairant à la bougie.

— Je me doutais que vous reviendriez. Tu es si têtu, Ezra, que tu ne reconnais pas une situation dangereuse lorsque tu te trouves en face d'elle. Mais vous me fatiguez maintenant.

La Barbadienne apparut dans l'encadrement de la porte.

— Cinq contre un, ce n'est pas très loyal, fit-elle remarquer. Sally ! Comment allez-vous ? Je vois que vous avez retrouvé votre meurtrier de mari !

Sally et William tressaillirent.

— Vous vous demandez comment il se fait que je connaisse votre passé ? Mais c'est simple : je lis en vous comme dans un livre ouvert ! Je sais, par exemple, qu'Ezra compte arriver à bout de mes pouvoirs grâce à ces malheureuses pierres qui sont dans sa poche. Et il n'est pas besoin d'être devin pour savoir que miss Betty rêve de venger son bien-aimé. Non, décidément, je vous trouve tous assez comiques. Mais soit ! Vous voulez la guerre, vous l'aurez ! ajouta-t-elle d'une voix menaçante.

Elle sortit de sa cabane. Ses adversaires se préparèrent à l'attaque.

— Tenez-vous prêts, murmura Ezra. Attendez… Attendez… Maintenant ! cria-t-il.

William, Sally, Abigail et Betty firent pleuvoir sur la Barbadienne un grand nombre de sortilèges que celle-ci esquiva habilement. Ezra leur hurla de continuer. Tant que Tituba se concentrerait pour écarter les sorts, elle ne pourrait rien faire d'autre. Il chercha un endroit plat sur le sol et y disposa les pierres comme Sally le lui avait montré. Il leva la tête et écarta les branches. La lune apparut. Mais avant même que sa lumière ne touche les pierres, Tituba se précipita vers lui. Et malgré que Betty et Abigail se placèrent entre la Barbadienne et leur ami pour le protéger, la sorcière parvint à disperser les pierres en leur donnant un coup de pied. Le coup atteignit également Ezra en plein estomac. Le jeune homme tomba à terre, le souffle coupé. Il regarda les pierres rouler sous les feuilles sans pouvoir les retenir. Un sentiment d'angoisse l'étreignit. S'il ne retrouvait pas les pierres, il s'avérerait impossible de battre Tituba. Cette dernière recevait sans broncher des dizaines de sorts. L'un d'eux, lancé par William, lui entailla profondément le bras gauche. Elle referma distraitement la blessure tout en contrant les flammes propulsées par Abigail. Les quatre sorciers étaient épuisés et dépassés par la résistance de leur ennemie. Tituba était encore plus puissante qu'avant.

— Je commence à en avoir marre de jouer à ça, dit-elle.

Et elle jeta sur Betty un poing d'air qui envoya la jeune fille plusieurs pieds plus loin dans le chemin. Elle atterrit sur une racine qui sortait du sol et hurla de douleur.

— Betty ! cria une voix derrière elle.

— Tiens, tiens, tiens ! susurra Tituba. Voyez qui vient nous rendre visite ! Notre jeune aveugle !

— Ed ! s'écria Ezra. Va-t'en !

En un éclair, Tituba fut sur Ed. Elle attrapa le malheureux par la gorge. Ed suffoqua. Betty se releva et voulut faire lâcher prise à Tituba, mais celle-ci la renvoya au loin. L'adolescente tomba lourdement contre un tronc d'arbre. Elle grimaça. Abigail, Ezra, William et Sally s'étaient figés. Ed battait des bras, ses yeux roulaient dans ses orbites et il sortait la langue pour happer un peu d'air.

— Vous allez le tuer ! hurla Abigail.

— Crois-tu que cela m'importe ?

— Je vous en prie, implora Betty. Ne faites pas ça !

— Je n'aurais jamais dû vous apprendre ce que je sais, remarqua Tituba. Vous m'auriez laissée tranquille.

— Vous êtes un monstre, Tituba ! cracha Abigail. Vous n'avez aucun remords, aucun scrupule. Vous avez tué des personnes qui avaient foi en vous. Vous avez bafoué notre confiance à tous. Et pire que tout, vous voulez vous en prendre à une petite fille de huit ans !

— Tes sentiments t'aveuglent ! Cette enfant est pire que la mort, tu t'en rendras compte un jour. Et il sera trop tard. Je connais fort bien les dégâts que ce genre de magie peut causer, mais vous êtes tous trop stupides pour écouter. Quand à ma trahison – puisque, à vous entendre, c'est de cela qu'il s'agit –, il est des quêtes qui ne souffrent aucune loyauté exceptée celle pour la quête elle-même. Encore une chose que vous ne comprendrez jamais. Il y a des choses en ce monde qui dépassent votre entendement. Vous ne rêvez que de retourner à Salem, vous installer dans votre petite maison et couler des jours heureux. Mais le monde regorge d'injustices qu'il faut réparer.

— Ne nous faites pas croire que vos buts sont humanistes ! railla Ezra. Vous tueriez votre propre mère pour arriver à vos fins !

Tituba offrit au jeune sorcier un sourire carnassier. Elle avait légèrement relâché sa prise sur Ed et celui-ci respirait presque normalement.

— Tu crois toujours tout savoir, répondit Tituba.

— Non ! Vous voulez nous faire croire que vous n'agissez pas dans votre propre intérêt. Or, c'est exactement ce que vous faites. Il n'y a que vous qui comptez !

Vous et vos buts. Et vous êtes prête à tout pour arriver à vos fins, y compris tout détruire sur votre passage ! Vous avez trahi des femmes qui croyaient en vous, à qui vous aviez donné de l'espoir !

— Je ne suis la mère de personne !

— Vous devez mourir, Tituba.

Elle éclata de rire.

— Laissez-moi passer, dit-elle, menaçante, ou je tords le cou de votre cher Ed. Comme Abigail l'a si bien dit, je n'ai aucun scrupule !

— Ne la laissez pas partir ! cria Ed.

— On joue au héros, mon jeune ami ? grinça Tituba en resserrant son emprise sur la gorge d'Ed.

Ed sentit à nouveau l'air lui manquer. Ezra réfléchissait à toute vitesse. Dans cette obscurité, impossible de trouver les pierres. Il n'avait pas assez de temps. Il se maudissait d'avoir précipité les choses et de ne pas avoir écouté William. Celui-ci l'avait pourtant prévenu.

— Je me demande bien pourquoi je m'embête avec vous, marmonna Tituba.

Elle leva brusquement la main et… rien ne se passa. Étonnée, Tituba pointa le doigt vers Ezra. Celui-ci recula, mais il ne sentit rien. Tituba ne parvenait pas à lancer des sorts. Elle lâcha soudainement Ed qui tomba à terre, le visage rouge. Betty s'empressa de tirer son amoureux à l'écart. La Barbadienne vacilla sur ses jambes. Ezra, Abigail, William et Sally n'osaient pas bouger, craignant que la sorcière ne leur joue un mauvais tour. Furieuse, Tituba essaya à nouveau de jeter un sort.

— Que se passe-t-il ? demanda Abigail, effrayée.

Ils virent alors sortir de sous le couvert des arbres une petite fille aux habits déchirés. Ezra étouffa un cri.

— Emma ! hurla Abigail.

L'enfant s'approcha de la Barbadienne, les yeux rivés sur elle. Elle s'arrêta un peu à l'écart et, dans un état second, commença à danser. Sally était abasourdie. William observait la petite fille, les larmes aux yeux. Depuis son fils, il n'avait plus jamais rencontré de Chapardeur. Emma dansait de plus en plus vite, enchaînant des figures compliquées. Bientôt, il fut impossible de distinguer ses membres. Tituba sentait sa force s'échapper en même temps que sa magie. Ezra se précipita dans les fourrés et, à quatre pattes, tâtonna le sol dans l'obscurité pour retrouver les pierres d'Éops. Il réussit à mettre la main sur trois d'entre elles et ragea en constatant qu'il ne trouvait pas les autres. Abigail s'accroupit à côte de lui et l'aida à chercher. Elle dénicha les deux dernières pierres qui avaient roulé dans un creux. Puis elle s'occupa d'ouvrir la voûte des arbres pour laisser filtrer la lumière de la lune tandis qu'Ezra plaça les pierres en conséquence. Les rayons tombèrent directement sur la pierre centrale. Les cinq roches furent aussitôt reliées par des filaments d'argent qui brillaient dans la nuit. D'autres liens se rajoutèrent jusqu'à former une véritable toile d'araignée. Les pierres se mirent à léviter. Ezra et Abigail reculèrent. Derrière Tituba, Emma dansait encore avec une grâce incroyable. Les pierres s'envolèrent jusqu'à faire face à Tituba. Un halo se détacha de la pierre centrale et enveloppa la sorcière des pieds à la tête. Une lumière intense claqua comme un éclair et éblouit tout le monde. Quand tous se furent réhabitués à l'obscurité, ils constatèrent qu'Emma avait cessé de danser et était assise en tailleur par terre, l'air épuisé. Tituba, elle, était allongée, visiblement inconsciente.

— Vous croyez que ça a marché ? demanda Betty.

Ezra se pencha sur la sorcière.

— Ça m'en a tout l'air ! dit-il.

Remise de ses émotions, Abigail se rua sur l'enfant qui reprenait son souffle.

— Mais qu'est-ce que tu fais là, Emma ? demanda-t-elle. Comment nous as-tu retrouvés ? Tu te rends compte du danger auquel tu t'es exposée !

— Abi, laisse la petite respirer, dit doucement Ezra.

Emma avait les yeux qui papillonnaient. Elle parvint à fixer son regard sur Abigail et lui sourit faiblement.

— Je suis contente de vous avoir retrouvés, souffla-t-elle. Ça n'a pas été facile !

— Comment as-tu fait ? s'enquit Abigail.

— Abi, intervint Sally, je crois que nous devrions partir et discuter de tout ça ailleurs.

— Je nous ramène tous à Boston, déclara William.

— Vous n'êtes pas trop fatigué ? s'inquiéta Ezra.

— Si. Mais je ne veux pas rester dans cet enfer !

— Je vais libérer les villageois, dit Sally. Je reviens dans une minute.

Elle s'éloigna au pas de course dans le chemin sinueux. Quand elle revint, William ne perdit pas de temps : il se téléporta ainsi que ses amis sur-le-champ.

Ils se réveillèrent au matin dans une petite maison qu'ils ne connaissaient pas. Ezra, Abigail, Emma, Betty et Ed avaient partagé la même chambre. Ezra alla à la fenêtre pour se repérer. Ils étaient apparemment en plein cœur de Boston. Quelqu'un frappa à la porte.

Le visage radieux, Sally entra.

— Je suis contente de voir que vous êtes réveillés ! se réjouit-elle. Comment vous sentez-vous ?

— Fourbu ! répondit Ed en s'étirant et en bâillant.

— Nous vous avons préparé un bon repas en bas. Venez manger.

Après que ses amis eurent acquiescé, Sally ressortit. Tous prirent leur temps pour se lever. Mais leur estomac leur rappela qu'ils commençaient à avoir faim et ils descendirent rapidement. Ils s'attablèrent et dévorèrent à belles dents ce qu'il y avait sur la table.

— Où sommes-nous ? demanda Abigail.

— Dans ma maison ! déclara William.

— Mais je croyais que vous n'aviez pas de maison, fit remarquer Ed.

— Disons que c'est mon chez-moi depuis hier soir, répondit William, mystérieux.

Abigail se tourna vers Emma.

— Emma, si tu nous racontais maintenant comment tu nous as retrouvés ?

La petite fille releva le nez de son bol de lait et mordit dans une tartine longue comme son bras.

— C'est très facile, dit-elle après avoir avalé une énorme bouchée. Le jour de votre départ, je vous ai pris, à Ezra et à toi, un peu de votre pouvoir pour voler. Dès que vous êtes montés dans la diligence pour Boston, j'ai faussé compagnie à Sarah. Je vous ai suivis de loin depuis.

— Mais nous sommes partis depuis des jours ! s'exclama Ezra. Comment as-tu fait pour te nourrir ? Pour dormir ?

— Je me suis débrouillée, dit l'enfant. Ce n'était pas très difficile. Mais j'ai eu un peu peur quand vous étiez dans l'orphelinat. Et quand j'ai traversé l'océan toute seule, j'ai eu très peur. Mais j'ai vu des baleines ! se réjouit-elle.

— Pourquoi as-tu tant tardé à te manifester ?

— Je craignais que vous me disputiez. J'avais promis de rester chez Sarah et d'être sage. Mais comme vous aviez l'air d'avoir besoin d'aide hier, alors j'ai décidé de me montrer.

Ezra ne put s'empêcher de sourire devant la franchise naïve d'Emma. Il était impressionné par son courage.

— Où est Zïna ? demanda finalement Betty.

— Oh ! Le voyage était bien trop dangereux pour elle, répondit sérieusement Emma. Alors je l'ai laissée à Salem avec beaucoup d'eau et de la nourriture. Elle a beaucoup pleuré, elle ne voulait pas me quitter, mais j'ai su être ferme avec elle. Cette aventure n'était pas pour les petits chats.

Betty éclata de rire, bientôt suivie de toute la tablée. L'air interrogateur, Emma regarda ses amis. Puis elle haussa les épaules et attaqua une nouvelle tartine.

— Croyez-vous que nous avons anéanti Tituba ? interrogea Abigail.

— Moi, je lui ai pris tous ses pouvoirs, dit Emma avec fierté. Elle en avait beaucoup. J'ai cru un moment que je ne pourrais pas tout stocker. Mais finalement, j'ai tout récupéré.

— C'est fini, alors ? demanda Betty.

— C'est fini ! répondit Ezra.

Il regarda par la fenêtre. Le soleil brillait à pleins feux, l'air était doux, la journée s'annonçait belle. Il ressentit une grande lassitude, semblable à celle que l'on éprouve après avoir surmonté une rude épreuve. Maintenant, ses amis et lui auraient tout le temps de construire et reconstruire.

Ayant suivi le fil des pensées d'Ezra, Abigail prit la main de son amoureux et la serra dans la sienne.

Épilogue

Ezra et ses compagnons passèrent une dernière journée à Boston. Ils en profitèrent pour aller raconter leurs dernières aventures à Jack et à Joshua, qui s'étaient fait un sang d'encre depuis leur départ. Après le petit-déjeuner, ils avaient retrouvé Joshua à l'université qui avait hurlé en voyant ses amis, ce qui avait alerté tous les étudiants à proximité. Ils étaient ensuite allés chez Jack. Puis, tous ensemble, ils s'étaient installés au Boston Common pour profiter du soleil.

— Vous avez réussi, alors ? demanda Jack.

— Je crois que oui, répondit Ezra. En tout cas, j'espère que nous n'aurons pas de mauvaises surprises dans quelque temps, car je ne me sens pas la force de tout recommencer. J'ai hâte de rentrer à Salem.

— On viendra vous voir ! s'exclama Joshua. Je veux dire… si vous le voulez bien, évidemment.

— Ce serait avec plaisir ! Arrangez-vous pour venir ensemble, Jack et toi. Nous ferons une grande fête ! Et nous vous montrerons notre maison. Sa construction a dû bien avancer, ajouta-t-il à l'intention d'Abigail.

— Je l'espère ! dit cette dernière. Après un voyage comme celui-là, cela nous fera du bien d'avoir un endroit où nous reposer.

— Quand repartez-vous ?

— Dès aujourd'hui !

— Et vous ? demanda Jack à Ed et Betty.

— Eh bien… hésita Ed. Je ne sais pas trop.

— Comment ça, tu ne sais pas trop ?

— En fait, nous avons une nouvelle à vous annoncer, déclara solennellement Ed.

Tous attendirent.

— Betty et moi allons nous marier !

Abigail hurla de joie et Ezra serra son ami dans ses bras. Les félicitations fusèrent de toutes parts.

— Bien évidemment, vous êtes tous invités au mariage, reprit Ed. Et il y a autre chose que nous devons vous dire. Nous avons décidé de nous installer à Salem. En fait, nous aimerions nous marier dans l'église du père de Betty…

Betty et sa cousine se jetèrent dans les bras l'une de l'autre. Emma trépignait à leurs côtés. Sally et William regardaient tout ce petit monde avec douceur. Après les terribles événements, ils allaient tous se refaire une vie heureuse.

— Nous avons encore quelques affaires à régler à Boston, dit Betty. Mais nous vous rejoindrons très vite.

Ed n'est pas très bien vu en ville, si vous voyez ce que je veux dire, termina-t-elle avec un clin d'œil.

— Vous viendrez habiter avec nous ? demanda Abigail.

— Au début, oui. Mais nous aimerions aussi construire notre maison.

— Vous aurez l'embarras du choix ! lança Ezra.

MARQUIS
Marquis imprimeur inc.
Québec, Canada
2011